復讐請負人《リベンジ・エージェント》

南 英男
Minami Hideo

文芸社文庫

目次

第一章　美しい依頼人　5
第二章　乗っ取りの罠　92
第三章　捩《ねじ》れた疑惑　180
第四章　沈黙の報復者　257

第一章　美しい依頼人

1

瞳孔が熱い。

急に右目に痛みが走った。針で突かれたような痛みだった。

不破《ふわ》竜次《りゅうじ》は反射的に目をつぶった。

尖鋭《せんえい》な痛みに見舞われたのは、目を酷使したせいだろう。かれこれ五時間近くモニターを凝視しつづけている。

不破は上瞼《うわまぶた》を摩《さす》り、目頭を揉《も》んだ。

ほどなく痛みは消えた。ひと安心して、目を開ける。視力に異変はない。

不破は精悍《せいかん》な顔立ちだった。

彫りが深く、鼻も高い。眉《まゆ》が濃く、奥目がちな両眼は狼のように鋭かった。頬の肉は薄い。ナイフで削《そ》いだように鋭角的だ。

不破は回転椅子に深く凭《もた》れかかり、飲みさしの缶ビールで喉を潤《うるお》した。ビールはハイネケンだった。

カラオケ店『ユニゾン』の事務室である。

社長室も兼ねていた。十二畳ほどのスペースだ。店は、新宿歌舞伎町二丁目の雑居ビルの五階にある。ワンフロアをそっくり使っていた。

ビルは区役所通りに面している。ボックスは十室あった。各室八畳ほどの広さだ。

不破は店のオーナーである。開業したのは、ちょうど二年前だった。すでに新宿には百二十軒を超えるカラオケ店があった。

不破は後発組の辛さを味わわされることを覚悟していたが、それは取り越し苦労だった。開店以来、繁盛しつづけている。

成功の秘訣は、料金を相場より幾らか安くしたからかもしれない。

ほとんど郊外の同業店の料金と変わらない安さだった。むろん、通信カラオケだ。

ドリンクや軽食のメニューも、他店よりは豊富だった。軽食の多くが特製メニューである。

中でも、焼きおにぎり茶漬けと明石《あかし》焼きのセットが好評だった。ジャンボトーストとフルーツサラダのセットも人気を集めている。

営業時間は午後一時から翌朝の五時までだ。

従業員は四人いるが、いずれも正社員ではなかった。そのうちの二人は、パートタイマーだった。

　ビールがなくなった。

　不破はアルミ缶を握り潰《つぶ》すと、近くの屑入《くずい》れに投げ入れた。もうひと缶飲みたい気もしたが、立ち上がるのが億劫《おっくう》だった。

　不破は両脚《りょうあし》をデスクの上に投げ出した。

　五月中旬の夜である。時刻は九時近い。

　不破は三十七歳だった。手脚《てあし》が長い。身長百八十一センチで、体重七十五キロだ。筋肉質の体躯《たいく》だった。大学時代はアメリカンフットボールに打ち込み、社会に出てからは柔道と剣道に励んだ。柔道二段、剣道三段である。

　スポーツで鍛《きた》え上げた体には、まったく贅肉《ぜいにく》が付いていない。鋼《はがね》のように引き締まっていた。シルエットは、すっきりしている。そのせいか、実際の年齢よりも五つ六つ若く見られることが多かった。

　不破は、ぼんやりと室内を眺め回した。

　殺風景な事務室だった。ファクスがあるだけで、ほかにＯＡ機器の類《たぐい》はなかった。キャビネット以外の事務備品もない。

　スチールデスクの前には、十台の受像機が整然と並んでいる。

　各ボックスに設置してある防犯カメラが、客の動きを捉《とら》えていた。

音声は流れてこない。客たちの口が金魚のそれを連想させる。

今夜も満室だった。二、三十代のサラリーマンやＯＬの姿が目立つ。それぞれが陽気にストレスを発散させている。

カラオケ機器は最新型だった。

不破はふと気になって、五〇三号室のモニターに視線を向けた。

そこには、奇妙な客がいた。

十五分ほど前にボックスに入った二十六、七歳の女は依然として、ソファに坐ったままだった。まだ一度もマイクを握っていない。連れはいなかった。

ひどく気になる客だった。

女は息を呑《の》むほど美しかった。色気も備《そな》えている。それでいて、どことなく翳《かげ》りを帯びていた。整った細面《ほそおもて》の顔には、暗さと哀《かな》しみが交錯している。

「ここは、あんたには場違いな店だ。なんで、こんな所に紛《まぎ》れ込んだんだい？」

不破はモニターに低く語りかけ、両切りのピースをくわえた。

へビースモーカーだった。ピースを日に百本近く喫《す》っていた。酒も嫌いではない。ほぼ毎晩、飲んでいる。

不破は煙草《たばこ》を吹かしながら、モニターに映った美人客を観察しつづけた。

女は、ソーダ水のタンブラーをじっと見据えていた。何か思い迷っているような風《ふ》情《ぜい》だった。

ここで、誰かと落ち合うことになっているのか。

ボックスで友人と落ち合うケースもなくはない。しかし、女の場合は二十歳《はたち》前後のグループばかりだった。それも、そう多くはない。

妙齢の美女がひとりで店を訪れたのは、初めてのことだった。戸惑《とまど》いも覚えたが、好奇心も膨《ふく》らんだ。

不破は、女から目を離せなくなった。

どんな生き方をしているのか。独身なのか。それとも、人妻なのだろうか。

セミロングの髪に包まれた顔には、気品もあった。

睫毛《まつげ》が長く、くっきりとした二重瞼の目はほどよい大きさだった。瞳《ひとみ》は、黒曜石《こくようせき》のように濡れ濡れと光っている。眉は三日月形だ。

細くて高い鼻は、整い過ぎているほどだった。見る角度によっては、他人に冷たい印象さえ与える。

それを救っているのが、やや肉厚の唇と頬の膨らみだ。頬から形のいい顎《あご》にかけて、熟《う》れた色香がにじんでいる。

服装のセンスも悪くなかった。

白っぽいテーラードスーツを小粋に着こなしている。黒いロールカラーのブラウスはシルクだろう。襟元《えりもと》から覗《のぞ》く肌は、透《す》けるように白い。

指先が熱くなった。

不破は、短くなった煙草の火を灰皿の中で揉み消した。

そのとき、五〇二号室の三人連れの客が帰る気配を見せた。三人は女子大生のようだった。

彼女たちはドリカムやJUJUのナンバーを存分に歌いまくり、揃《そろ》って満足げだ。幾度か見かけたことのある客たちだった。

三人がボックスを出ると、入れ代わりに倉田律子《くらたりつこ》が入室した。

律子は専従のスタッフだ。受付とウェイトレスの仕事をこなしている。

二十一歳だった。性格は明るく、陰日向《かげひなた》なく働く。

律子は短大時代の仲間とR&B《リズムアンドブルース》バンドを結成していた。

彼女はドラムスとボーカルを受け持っている。一、二度、律子たちのバンドのデモテープを聴《き》かされたことがあるが、素人芸の域を出ていなかった。

律子の声は澄み過ぎていた。声量もない。

歌唱力はあったが、ブルースっぽい曲には向かない声だった。ロックンロールと異《こと》なり、R&Bにはある種の凄《すご》みがあったほうがいい。

不破は自分で歌うことはなかったが、ブルース系の曲はよく聴く。学生時代にはブルース専門のライブハウスに通い詰め、アメリカ南部の黒人たちが歌い継《つ》いできたベーシックなブルースに酔い痴《し》れたものだ。チャーリー・パットンやオーティス・ラッシュのナンバーに魂を揺さぶられて、鳥肌を立てた憶《おぼ》えがある。

律子が熱中しているR&Bは、ブルースから派生したものだ。彼女は、ダイアナ・ロスに憧《あこが》れていた。なんとも渋い趣味ではないか。二十歳《はたち》を過ぎたばかりの小娘が、いまや時代遅れのR&Bやソウル・ミュージックに痺《しび》れる感性がよく理解できない。

律子も自分と同じで、流行《はや》っているものを毛嫌いする傾向があるようだ。無器用な娘だ。

不破は口許《くちもと》を緩《ゆる》めた。

律子はCDデビューすることを夢見ていた。だが、それは見果てぬ夢で終わりそうだった。年に数回しかライブハウスに出演していないバンドに、声をかける音楽プロデューサーはいないだろう。

律子が五〇二号室の食器を片づけはじめた。手際《てぎわ》がよかった。きびきびとした動作には澱《よど》みがない。見ていて、気持ちがいいほどだ。逆立《さかだ》てたメッシュヘアは、絶え間《たま》なく揺れ動いている。

ユニオンジャックを図案化したエプロンをかけていた。個性的な造りの顔には、似合っていた。

事務室のドアがノックされた。

バーテンダー兼コックの敷島航《しきしまわたる》が夕食を運んできたようだ。不破は短く応答した。

「失礼します」

ドアが開けられた。

やはり、航だった。洋盆《トレイ》には、シーフード・ピラフ、野菜サラダ、ポタージュが載《の》っている。

航は二十三歳だった。専従の働き手だ。

中肉中背で、女のような優しい面差《おもざ》しをしている。おまけに、色白だった。

航は都内の名門私立高校を二年で中退し、さまざまな職歴を重ねてきた青年だ。開店当初から、彼に厨房《ちゆうぼう》の作業を任せている。

「遅くなっちゃって、すみません！」

「また、ピラフか」

不破は苦笑した。

「きのうの晩は、ドリアだったでしょ？」

「ああ。しかし、一昨日《おととい》の晩飯はカレーピラフだったぜ」

「そうでしたっけ？」

航が舌の先を覗かせた。記憶力は抜群にいい。忘れたはずはなかった。空とぼけているのだろう。

「ピラフじゃ、食欲が湧《わ》かないな」

「アンチョビのピザか何か作りましょうか？」

「いや、いいよ。せっかくこしらえてくれたんだから、そいつを喰《く》おう。そこに置いてくれ」

不破は机の端に目をやり、小さく顎《あご》をしゃくった。

「ピザなら、そう手間はかかりません。どうします、社長？」

「おい、何度言ったら、わかるんだ。その社長って呼び方はやめてくれって言ったはずだぜ」

「すみません、つい……」

航が片手を頭に当てた。髪型は、真ん中で分けたツウブロック・カットだった。

「おれはカラオケ屋の親爺《おやじ》だぜ。社長なんて呼ばれると、尻《けつ》の穴がむず痒《がゆ》くなっちまうんだ」

「だけど、親爺さんと呼ぶには若すぎるしな」

「だったら、名前で呼んでくれ」

不破は言った。

「わかりました」

「こんな遣《や》り取り、前にもしたことがあるな。偏差値71だった男は、もう少し呑《の》み込みが早いと思ったがね」

「偏差値なんか、糞喰《くそく》らえですっ」

航が吐き捨てるように言い、いくぶん乱暴な手つきでトレイを机の上に置いた。カップの中のポタージュが、わずかに波立った。サラダ菜も小さく震えた。

高校生のとき、偏差値のことで何か不快な思いをしたことがあるのだろう。航の顔は、しばらく強張《こわば》っていた。二人の間に、沈黙が横たわった。

ピラフとポタージュが湯気をたてている。

たいてい夕食は店で摂《と》っていた。店に顔を出すのは、いつも午後二時過ぎだった。朝食と昼食を兼ねたブランチは、店の近所で食べることが多い。千駄ケ谷五丁目にある賃貸マンションで自炊することは、めったになかった。

不破はからかい半分に航に難癖をつけたが、味覚は鈍感なほうだった。腐っていなければ、どんなものでも平気で食べられる。味は二の次だ。満腹になれば、とりあえず文句はなかった。

好き嫌いもない。グルメを気取った連中の話に耳を傾ける気も起きなかった。むしろ、彼らの成金めいた言動に反発を懐《いだ》く性質《たち》だった。

「わっ、すごい美女がいるなあ」

急に航が唸《うな》るように言った。その目は、五〇三号室のモニターに向けられていた。

不破は釣り込まれて、画面に視線を投げた。

例の女は脚《あし》を組んで、天井を振り仰《あお》いでいた。物思いに耽《ふけ》っている表情だった。

防犯カメラは、女の顔をまともに映していた。造作の一つ一つが男の何かを掻《か》き立てる。

「実際、いい女だよな」

不破は低く呟《つぶや》いて、コーン・ポタージュを啜《すす》った。

少々、粉っぽかった。即席のポタージュだった。

「彼女、ひとりなんですね」

「ああ。ボックスに入ってから、ずっとソファに坐りっ放しなんだ」

「おかしな客だな。でも、美人だから、これ以上はケチをつけません」

「きみも一応、男だったな」

「変なことを言わないでくださいよ。ぼくは精神的にも肉体的にも、れっきとした雄《おす》です」

「そう力《りき》むなって。何もきみをオカマ扱いしたわけじゃないんだ」

「確かにぼくは少しひ弱そうに見えるかもしれないけど、骨の髄《ずい》まで男ですっ」

「わかった、わかった。そうむきになるなって」

「ひょっとしたら、彼女、社長に、いえ、不破さんに会いに来たんじゃありませんか?」

航が振り返って、探《さぐ》るような眼差《まなざ》しを向けてきた。

「残念ながら、外れだ。昔の女なら、いいんだがね」

「そうじゃありません。個人的な客じゃないかって意味だったんです」

「個人的な客?」

「ええ。あなたは律《りつ》ちゃんやぼくに内緒で、何かサイドビジネスをやってるんでしょ?」

「おれは、それほど才覚《さいかく》のある男じゃないよ。この店だけで、手一杯さ」

不破は内心の狼狽《ろうばい》を隠して、スプーンで無造作にピラフを掬《すく》った。

「でも、ちょくちょく店を空けて、どこかに出かけてるじゃないですか」

「息抜きに出かけてるんだ、パチンコ屋やサウナにな」

「そんなふうには見えないけどな」

航はさらに何か言いかけたが、急に口を噤《つぐ》んだ。雇い主の私生活に深く立ち入ることに、ためらいを覚えたのだろう。

不破はどの従業員にも、前歴や裏稼業のことは明かしていなかった。この先も話すつもりはない。

不破は二年数カ月前まで、新宿署刑事課強行犯《きょうこうはん》係の刑事だった。署には通算五年いた。最初の三年間は、殺人事件や凶悪犯罪の捜査に携《たずさ》わっていた。四谷署から転属されたとき、すでに階級は警部だった。

不破は国家公務員総合職試験（旧Ⅰ種）に合格した警察庁採用の有資格者《キャリア》ではなかったが、一般警察官としては順調に階段を昇ってきた。ノンキャリアの場合、大卒でも二十八歳にならなければ、警部にはなれない。

不破は、その最短コースで早々と警部になった。地方採用組のノンキャリアでは、出世頭だった。

通常、所轄署の課長はどこも警部が務《つと》めている。しかし、不破は警部になっても、課長にはなれなかった。

若かったからではない。硬骨な正義感が出世の妨《さまた》げになったのだ。

不破は、いつも敢然と不正と闘ってきた。

たとえ被疑者が権力を握った大物でも、捜査の手を緩めることはなかった。本来、法の番人はそうあるべきだが、外部の圧力に屈《くっ》しなければならないことがある。そんな場合、捜査員たちは泣く泣く自分と折り合いをつけざるを得ない。

警察機構はよくも悪くも、縦割りの構造で秩序が保《たも》たれている。

極言すれば、上司の命令には絶対服従しなければならない。その不文律《ふぶんりつ》を無視すれば、昇進の道は閉《と》ざされることになる。

そのことを弁《わきま》えながらも、不破は不正には目をつぶれなかった。

四谷署に勤務していたころ、管内で芸者が絞殺されるという事件が発生した。初動捜査の段階で、早くも容疑者を絞り込むことができた。

被疑者は、殺された女と親しかった現職の国会議員だった。大臣経験を持つ大物代議士である。

物証を集めている最中に、国会議員の第二秘書が自首してきた。明らかに、身代わり出頭だった。

しかし、その秘書は殺人容疑で起訴されてしまった。不破は署長に再捜査を願い出た。それはあっさり斥《しりぞ》けられ、数カ月後に交通課に飛ばされた。

交通課にも不正は横行していた。交通違反の揉み消しなどは珍しくなかった。

不破は裏取引にも嚙《か》みついた。次第に署の幹部に疎《うと》まれ、新宿署の刑事課に体《てい》よく追い払われたのだ。

移った職場にも、理不尽な命令が下《くだ》ることがあった。

そのつど、不破は直属の上司や署長に抗議した。だが、善処されたことはなかった。いつからか、不破は職場で浮き上がった存在になっていた。

通常、地取りと呼ばれている聞き込み捜査はペアで行なう。しかし、同僚刑事は誰も不破とは組みたがらなかった。

それでも、不破は安易な妥協はしなかった。〝はぐれ刑事〟として、凶悪な犯罪者たちを追い詰めつづけた。

新宿署は、約六百五十人の署員を抱える大所帯だった。さらに、警視庁第二機動隊と自動車警邏《けいら》隊の隊員が三百六十人ほど常駐していた。

署員の数が多ければ、それだけ外部からの接触も多くなる。

いやでも、財政界や高級官僚との不透明な関係が透《す》けて見えた。

警察官による不祥事もあった。大小の汚職ばかりではなく、手抜き捜査による誤認逮捕も一度や二度ではなかった。

不破は腐臭を嗅《か》ぎとるたびに、烈《はげ》しい義憤《ぎふん》に駆られた。すると、上司や同僚たちは彼の青臭さをせせら笑った。

もともと警察は、身内同士で庇《かば》い合う体質が強い。それは伝統的なものだった。内部に不心得者がいても、その不始末を表沙汰にはしたがらない。市民の信頼を失うことを極度に恐れているからだ。

一切《いっさい》の妥協を嫌う不破は、自然に孤立してしまった。

来る日も来る日も単独捜査に明け暮れた。いったん容疑者に喰らいつくと、不破は決して放さない。そんなことから、同僚たちに〝麻薬犬〟と蔑称されていた。

そんな孤独な不破を支えてくれたのは、妻の恭子《きょうこ》だった。

四つ違いの恭子と結婚したのは、二十九歳のときである。恭子は結婚する直前まで、保母として働いていた。気立てがよく、曲がったことの嫌いな性分だった。結婚生活二年目に、娘の志穂《しほ》が生まれた。

不破は、妻子に誇れる刑事でありつづけたいと願った。

その結果、嗅いではならない〝臭《にお》い〟を嗅ぎつけ、見てはならない巨大な影を見ることになった。それが災《わざわ》いとなり、今度は生活安全課に回された。

新たな職場にも、不正ははびこっていた。

同僚のひとりが風俗店経営者や暴力団の組長に手入れの情報を流し、その見返りとして金品を受け取っている気配があった。だが、物的な確証はなかった。不破は、それをなんとか摑みたいと連日、マークした同僚を尾行しつづけた。

三年前のことだ。

ちょうどそのとき、ひとり娘の志穂は肺炎をこじらせて入院中だった。妻は心細かったらしく、早く帰ってきてほしいと哀願した。

不破は娘のことが気がかりだったが、病院には駆けつけなかった。

一週間近く家に戻らなかった。カプセルホテルやサウナで仮眠をとりながら、張り込みと尾行を続行した。

しかし、収穫はなかった。不破は徒労感に打ちのめされた。

垢塗《あかまみ》れの服で病院に駆けつけると、志穂は平熱に戻っていた。不破は妻と子に詫《わ》びた。娘は笑って赦《ゆる》してくれたが、恭子の表情は和《なご》まなかった。

その後、夫婦の仲はしっくりいかなくなった。恭子が能面のような顔で別れ話を切り出したのは、およそ九カ月後だった。

不破は取り乱し、妻の狭量《きょうりょう》さを詰《なじ》った。

すると、恭子は別の男に気持ちを移していることを打ち明けた。その相手とは、もう他人ではないらしかった。

その話を聞き、不破は離婚する気になった。

ローンの残っている分譲マンションを手放し、売却益分をそっくり恭子に渡した。娘の当座の養育費のつもりだった。

不破が妻に去られたことを知ると、署の幹部たちは説教めいた忠告をした。生活安全課長は、自業自得だと嘲笑した。

その卑《いや》しい笑い方が不破の神経を逆撫《さかな》でした。不破は無言で上司に歩み寄り、その顔面を力まかせに殴った。上司は数メートルも吹っ飛んだ。

不破は、その日のうちに辞表を書いた。誰も慰留《いりゅう》はしなかった。

ふたたび組織の中で働く気にはなれなかった。

しばらく骨休めをしてから、フリーの調査員にでもなる気でいた。そんなとき、かつて不破が面倒を見てやったことのある元やくざが訪ねてきた。

富塚繁《とみづかしげる》という名で、もう五十歳近かった。不破は富塚が組を脱《ぬ》ける際《さい》、組長に話をつけてやったのである。

富塚はそのことで恩義を感じているらしく、不破の身の振り方を案じていた。

堅気になった彼は、事業家として成功していた。造園会社、花屋、老人介護サービス会社などを手広く経営している。

不破は富塚にカラオケ店の経営を強く勧められ、いまの商売を手がける気になったわけだ。開業資金の二千万円を超低利で貸してくれたのも、富塚だった。

「社長、いえ、不破さん！　どうしちゃったんです？」

航が不破の肩を揺さぶった。

不破は、われに返った。スプーンを宙に止めたままだった。

「ちょっと昔のことを思い出してたんだ」

不破は照れ笑いをした。

「あんまりびっくりさせないでください。急にアルツハイマー型認知症になったのかと思っちゃいましたよ」

「この野郎、俺はまだそんな年齢《とし》じゃねえぞ」

「でも、早い人は三十七、八でも若年性認知症になるそうです」

航が真顔で言った。

「余計な心配するな。こんなとこで油売ってると、オーダーが捌《さば》き切れなくなるぜ」

「はい、はい！」

「早く持ち場に戻れ」

不破は笑顔で言って、手で航を追い払う恰好《かっこう》をした。

航が向かいの厨房に駆け戻っていった。

不破はピラフを掻っ込みながら、密かに航の勘の鋭さに驚いていた。彼は『ユニゾン』を経営するかたわら、〝復讐請負人《リベンジ・エージェント》〟を裏稼業にしている。

世の中は卑劣な罠に嵌《は》まって、人生を台無しにされた者が少なくない。刑事時代に、そうした人々を大勢見てきた。

不破はそんな不運な人たちの代理人として、密かに極悪人どもを痛めつけてきた。法の網を巧《たく》みに潜《くぐ》り抜けている悪党どもを懲《こ》らしめたいという気持ちから、ふと思い立った裏稼業だった。

きっかけがないわけではなかった。

一年あまり前、顔見知りの老女が悪質な霊感商法に引っかかり、安物の仏像を途方もない値段で買わされてしまった。身内の忠告もあって、彼女は先方に解約を申し入れた。

しかし、売り手はいっこうに誠意を示さなかった。その話を洩《も》れ聞いた不破は怪しげな宗教団体の後ろ暗い秘密を暴《あば》き、老女の代金をそっくり取り戻してやった。

老女は幾度《いくど》も謝意を述べ、恥ずかしそうに十万円を差し出した。

不破は固持したが、老女は承知しなかった。相手に妙な恩を売ったと思われるのも心外だ。迷った末、半分だけ金を受け取った。

そんな経緯《いきさつ》があって、不破は弱者の報復代理人になったのだ。

といっても、わざわざ宣伝をしたわけではない。不破のことが噂になり、口コミで依頼が増えた。これまでに、十数件の事件を処理している。

いつも依頼人が被害者とは限らない。

調査を進めると、事実関係が逆のこともあった。犯罪に利用されたこともある。そんな場合は、反対に依頼人を痛めつける。

不破は、自分から着手金や成功報酬を要求したことは一度もなかった。

依頼人に余裕がなければ、経費さえ受け取らない。裏稼業は半《なか》ばボランティア活動だった。したがって、報酬に目が眩《くら》むようなことはなかった。

航たちに覚《さと》られないようにしなければならない。

不破はフルーツトマトを噛みしだきながら、五〇三号室のモニターに目を向けた。

気になる美女は、さっきと同じ姿勢だった。

隣の受像機に視線を移す。五〇二号室には、新しい客がいた。

若い男の二人連れだった。

片方の丸刈りの男には、見覚《みおぼ》えがあった。新宿二丁目と三丁目を縄張りに持つ組織の下っ端組員だった。名前までは知らない。

連れの男は、十九か二十歳だろう。肩のあたりまで髪を伸ばしていた。茶髪だった。片方の耳にピアスをしている。右手首には、ゴールドのブレスレットを光らせていた。上背はあるが、針金のように細っこい。

アメリカ製のロゴ入りの白いTシャツの上に、ごっつい黒革のライダース・ジャケットを羽織《はお》っている。腰には、金属のアクセサリーをぶら下げていた。

週末、盛り場にたむろしているチーマーかカラーギャングのひとりかもしれない。

不破は、そう思った。

なぜか、男たちはカラオケ機器を使おうとしない。

どちらも落ち着かない様子で、ボックスの中を見回している。どうやら二人は、防犯カメラのありかを捜しているようだ。

チーマー風の身《み》なりの若者が先にカメラに気づいた。若いやくざの顔が引き攣《つ》った。

彼らは、ここで何か取引する気にちがいない。

不破は、こころもち緊張した。犯罪の舞台にされたら、たちまち客足が遠のいてしまう。

2

不意に画像が消えた。

五〇二号室のモニターだ。

防犯カメラのレンズは、何か布のようなもので覆われてしまった。ハンカチか、バンダナだろう。

勘は当たった。

不破は引き締まった唇をたわめ、煙草の箱を摑み上げた。

すぐに五〇二号室に向かわなかったのは、不審な客たちに時間を与えるためだった。非合法な取引が行なわれるとしたら、その現場を押さえなければならない。

不破は両切りのピースを半分ほど灰にしてから、おもむろに立ち上がった。

キャメルのスーツ姿だった。

上着の襟元を直し、緩《ゆる》めてあったオリーブグリーンのネクタイをきつく締める。ワイシャツは、白地に黒の縞模様の入ったものだった。

不破は経営者になってから、少しばかり服装に気を配るようになっていた。刑事時代は、たいていカジュアルな上着かブルゾンで通していた。

不破は事務室を出た。

通路の少し先に、受付カウンターがある。

客の姿はなかった。ヘッドフォンを耳に当てた律子が、二本のスティックでゴムマットを叩いていた。ゴムマットは、ドラミングの練習台だ。

不破はカウンターの前まで歩いた。

律子がヘッドフォンを外し、先に口を開いた。

「サウナ?」

「いや、ちょっと店内の見回りをな」

「そう」

「五〇二号室に入った二人組の客、何度か店に来てるのか?」

不破は訊《き》いた。

ヘッドフォンから、女の掠《かす》れた声が洩《も》れている。ジャニス・ジョプリンだった。麻薬で若死にしたロックの女王だ。曲は『コズミック・ブルース』だった。

「二人とも初めてよ。丸坊主の男はヤーさんみたいだったわ。あいつらがどうかしたの?」

「そういうわけじゃない。ちょっと訊いてみただけさ」

「そう」

「律ちゃん、ジャニスみたいになるなよ」

「あたしは大丈夫よ。薬《ドラッグ》には、まるっきり関心ないから。あたしは音楽と男だもん」

「音楽はともかく、男っ気はなさそうだがな」

「あら、ばかにしないで。これでも、男には不自由してないんだから」

律子が頬を膨《ふく》らませた。上唇が捲《めく》れ上がり気味で、少しセクシーだ。

「言うじゃないか」

「信用してないみたいだけど、はったりじゃないわよ。でもさ、どいつも子供っぽくてね。とても寝てやる気にならないわ」

「きみぐらいの年頃の女の子は、大人ぶりたいんだろうな」

不破は目を細めて、そう言った。

「あたしを小娘扱いしないでくんない？　竜次さんとだって、対等につき合えるんだからね。今夜、ベッドで試《ため》してみる？」

「あいにく、おれのベッドはシングルなんだよ」

「ホテルに行けばいいじゃないの」

律子が熱のあるような目を向けてきた。

どうやら本気らしい。しかし、不破はまともには取り合わなかった。曖昧《あいまい》に笑って、店の奥に向かう。

「臆病者、インポ！」

律子が毒づいた。声には、笑いが含まれていた。

不破は歩きながら、小さく肩を竦《すく》めた。

律子が半年あまり前から自分に好意以上の感情を寄せていることには、とうに気づいていた。彼女のような〝じゃじゃ馬〟は、嫌いなタイプではなかった。

しかし、十六歳も若い。そんな小娘を寝室に誘う気にはなれなかった。

といって、不破はことさら性的に潔癖というわけではない。

成熟した女に誘われれば、迷うことなくベッドを共にしてきた。気まぐれに、ホステスや娼婦を抱くこともあった。ただ、小娘を組み敷く気になるほど欲望を持て余してはいなかった。

不破は五〇二号室の前で足を止めた。

ボックスの覗き窓に顔を寄せる。二人の男たちの姿は見当たらない。

どうやらチンピラと長髪の若者は、ボックスの隅にいるようだ。入口からは見えない死角があった。

不破は、いきなり防音ドアを開けた。

二人の男は、通路側の壁際にしゃがみ込んでいた。どちらも尻《しり》を床すれすれまで落としていた。突っ張った少年たちが、よくやっている坐り方だ。

二人の間には、黒いアタッシェケースが置かれている。中身は見えなかった。

丸刈りの男は背を向けている。ずんぐりとした体型だった。オレンジ色の派手な背広を着ている。

「なんだよ、あんた！」

髪の長い若者が大声で咎《とが》めた。

不破は薄く笑っただけで、言葉を発しなかった。

チンピラが振り返り、顔に困惑の色を浮かべた。

「覚醒剤《スピード》の買い付けか？」

「てめえ、何言ってんだよ。一般人《パンピー》は黙っててくれっ」

若者が立ち上がった。パンピーとは、日本語と英語のピープルを合成した若者たちの隠語だ。

「おまえ、渋谷あたりのチーマーらしいな」

「関係ねえだろ、そんなこと。出てってくれ！」

「そうはいかない。ここは、おれの店なんだ。危《ヤバ》い取引なんかされちゃ、店が迷惑するんでな」

「おれたち、別に取引なんかしちゃいねえよっ」

「なら、ちょっとケースの中身を見せてくれないか」

不破は穏《おだ》やかに言った。

長髪の男が顔を背《そむ》けた。丸刈りの男が腰を落としたまま、不破に問いかけてきた。

「旦那は新宿署の刑事さんでしょ？　おれ、知ってますよ」

「確かおまえは、関根組《せきねぐみ》に足《ゲソ》つけてる使いっ走りだったな」

「使いっ走りとは、ひどいっすね。おれ、ちゃんと盃《さかずき》貰《もら》ったんすから」

「なんの取引なんだ？」

「密告《チクリ》が入ったんすか⁉」

「安心しろ。おれは、もう刑事じゃない。二年も前に署をやめてる」

「そうだったんですか。おれ、ちょっと喰らってたんで、シャバのことは……」

「中身を見せてもらうぜ」

不破は男たちに近づいた。

関根組の若い組員が慌《あわ》ててアタッシェケースの中身を隠そうとした。不破は、閉じかけた蓋《ふた》を素早く靴で踏みつけた。

坊主頭の男が丸顔をしかめて、悲鳴を放った。

不揃いの歯列が剝《む》き出しになった。男の右手首は、アタッシェケースに嚙まれていた。

「警官《マッポ》だったのは、昔の話なんだろ。そんなことやってもいいのかよっ」

チーマーらしい若者が怒鳴って、細い目を攣《つ》り上げた。歌舞伎役者のような顔立ちだった。

「きみは後ろの仕切り壁まで退《さ》がれ」

「何だよ、偉そうに」

「早くしろ。おれを苛《いら》つかせたら、こいつの手の骨が砕《くだ》けちまうぜ」

不破は言いながら、ケースを押さえた足に少しずつ体重をかけていった。同時に、チンピラの縮れた頭髪を鷲摑《わしづか》みにする。

関根組の男が痛みに呻《うめ》きながら、早口で連れに言った。

「ケン、早く退がれ！」

「でもさあ」

「てめえ、おれがどうなってもいいってのかっ」

「わ、わかったよ」

ケンと呼ばれた若者が仕切り壁まで後退した。

不破は靴の先で、アタッシェケースの蓋を撥《は》ね上げた。チンピラが尻餅《しりもち》をついた。

不様な恰好だった。

不破はケースの中を見た。

そこには、自動拳銃と二十発ほどの実弾が収まっていた。モデルガンではない。銃身の光沢で、すぐに真正《しんせい》拳銃とわかった。

デトニクスだった。

アメリカ製のポケットピストルだ。全長十七センチほどしかない。インサイドホルスターをスラックスの内側に忍ばせておけば、拳銃を携帯していることを他人には気づかれないはずだ。

コルト・ガバメントのコピーモデルの一つである。小型ながら、四十五口径だった。〇・四五インチも口径があれば、殺傷力は高い。

不破は屈《かが》んで、右手でデトニクスを摑み上げた。

銃把《グリップ》の弾倉《マガジン》は空だった。マガジン・クリップはケースの底に転がっている。弾《たま》は、半透明のポリエチレンの袋に入っていた。

「こいつを売るつもりだったんだな？」

不破は、チンピラの髪を強く引き絞った。

「銭《ぜに》が欲しかったんです。おれ、つい先々月、刑期《ツトメ》を終えたばかりなんすよ。組から祝い金を貰えると思ってたんすけど、酒を飲ませてもらっただけでね」

「デフレ不況で、どの組も凌《シノギ》り繰りがきつくなってるんだ」

「そうみたいっすね」

「関根組も、そのうち解散に追い込まれるだろう。この際《さい》、足を洗うんだな」

「もう堅気《ネス》にゃ戻れませんよ。それに……」

丸刈りの男が何か言いかけ、言葉を呑み込んだ。

「それに、なんだ？」

「うちの組は、そんなやわじゃないっすよ」

「まあ、いい。おまえ、なんて名だ？」

不破は訊いた。

「浜井《はまい》っす」

「この拳銃《チャカ》は、おまえの道具か？」

「違います。先月、兄貴分のひとりが組を脱《ぬ》けたんすよ。そのときの置き土産ってやつっす」

「金に困ってたんで、内職する気になったってわけか」

「喰わなきゃならないっすからね」

浜井が、ばつ悪げに言った。

「いくらで売《バイ》する気だったんだ？」

「弾付きで五十万っす」

「そいつは何者なんだ？」

不破は、髪の長い若者に目をやった。

「学生《セイガク》っす。だけど、ケンは渋谷のチーマーたちを仕切ってんすよ」

「やっぱり、そうだったか」

「先週、池袋《ブクロ》のカラーギャングどもに殴り込み《カチコミ》かけられて、ケンの女がひでえ目に遭《あ》わされたらしいんすよ」

「輪姦《マワ》されちまったのか？」

不破はケンに声をかけた。

カラーギャングとは、同じ色のバンダナを巻いている非行少年集団のことだ。彼らは新宿や池袋にたむろし、同年代の若者を恐喝したり、喧嘩を吹っかけている。同じ色のシャツを着ていることが多い。黒服を着ているグループは、ブラックギャングなどと呼ばれている。

「それだけじゃねえんだよ。おれの女はドーベルマンともやらされて、胸んとこにマラの刺青《いれずみ》を入れられたんだ」

「そいつは気の毒だったな」

「他人事《ひとごと》だと思って、気楽なことを言うねえ。おれの女は絶望的になって、自殺しかけたんだぜ。池袋《ブクロ》の連中、赦《ゆる》せねえよ。奴ら、ぶっ殺してやるっ」

ケンが興奮して、喚《わめ》きたてた。

「仕返しなんか考えないことだ」

「冗談言うねえ。そこまでやられて、黙ってられるかよっ。きっちり決着《オトシマエ》をつけてやる！」

「お坊ちゃんが粋《いき》がってると、取り返しのつかないことになるぜ」

不破は忠告した。

週末の深夜、渋谷に集まっている十代のチーマーの大半は良家の子女だ。医者や弁護士の子供も少なくない。大手商社の重役や大学教授を父親に持つ子も、決して珍しくなかった。

チーマーのほとんどが名門私立中・高校の生徒だった。

一見、無軌道な男女に映るが、彼らは計算ずくで遊んでいるにすぎない。親や教師の顔色をうかがいながら、適当に羽目《はめ》をはずしているだけだった。

「おれは、お坊ちゃんなんかじゃねえや。大昔の太陽族かなにかと一緒にしねえでくれ。おれたち、そんな連中とは違うんだ」

「どう違う？」

「おれたちは悪ぶってるだけじゃねえ。一種のアナーキストさ」

「気取ってみても、所詮《しょせん》はガキの遊びだろうが」

「て、てめえ！」

「おとなしく帰りゃ、パパやママには黙っててやろう」

「ざけんな！　浜井さんから手を放しやがれっ」

ケンが声を張り、ライダース・ジャケットの懐《ふところ》を探《さぐ》った。

掴み出したのは、フォールディング・ナイフだった。柄《つか》の部分には、象牙が使われている。浮き彫り《レリーフ》は凝《こ》ったものだった。

不破は少しも慌《あわ》てなかった。数えきれないほど修羅場を潜《くぐ》ってきた。刃物で身が竦《すく》むようなことはなかった。

3

刃《やいば》が起こされた。

白っぽい光が拡散する。

刃渡りは十四、五センチだった。よく磨《みが》き込まれている。

「さすがはお坊ちゃんだ。高価な玩具《おもちゃ》を持ってやがる」

不破は、ゆっくりと立ち上がった。浜井の髪を掴んだままだった。

ケンが険《けわ》しい顔つきで、やや腰を落とした。

多少は喧嘩馴《な》れしているようだった。構え方は悪くない。

だが、勇み立つ気持ちを鎮《しず》めるだけの冷静さを忘れている。目に落ち着きがなかった。

「ケン、やめとけ！」

浜井が大声で諫《いさ》めた。しかし、無駄だった。

逆上したケンが前に踏み出し、ナイフを一閃《いっせん》させた。白っぽい光が揺曳《ようえい》する。

刃風《はかぜ》が重く鳴った。だが、不破は動かなかった。単なる威嚇《いかく》と見抜いていたからだ。

やはり、切っ先は二十センチも離れていた。

「刃物で人を傷つけるにゃ、それなりの度胸がいるもんだ。おそらく親に甘えてきたおまえには、それだけの度胸はないだろう」

「てめえ、何様のつもりだよっ。カッコつけてんじゃゃねえや！」

ケンが、いきり立った。

だが、間合《まあ》いを詰めてはこない。ナイフを握った右手が小刻みに震えている。

不破は鋭い目に嘲笑を溜《た》めた。相手を挑発して、早く勝負をつける気になったのだ。

「帰ろうや。な？」

浜井がケンを宥《なだ》めにかかった。

「あんた、それでもヤーさんかよっ。そいつは、もう刑事《デカ》じゃねえんだぜ。何もビビることはねえさ」

「ビビってるわけじゃねえや。いま、揉め事《ゴタ》を起こしたくねえんだよ。ケン、刃物《ヤッパ》をしまいな」

「けっ、ビビりやがって。おれが片をつけてやらあ」

ケンが捨て鉢《ばち》に吼《ほ》え、フォールディング・ナイフを逆手《さかて》に握り直した。刃が上向きになった。ケンが野太く唸《うな》って、体ごと突っかけてきた。

不破は横に跳《と》んだ。

空気が縺《もつ》れる。ケンは真横に迫っていた。

不破は肘《ひじ》で、ケンのこめかみを撲《う》った。振りの大きなエルボーパンチだった。骨が重く鳴った。

ケンが短く呻《うめ》いて、体をふらつかせた。

すかさず不破はケンの肩口を摑んで、足払いをかけた。ケンが横倒しに転がった。カーペットから、埃《ほこり》がうっすらと舞い上がる。

不破はケンの右手に目をやった。

まだナイフを握っている。不破はケンの脇腹を蹴りつけた。爪先《つまさき》が深く埋まる。

ケンが大仰《おおぎょう》な声をあげ、体を丸めた。まるで怯《おび》えたアルマジロだ。フォールディング・ナイフは、床に落ちていた。

不破は刃を靴で押さえ、象牙をあしらった鞘《さや》を強く引っ張った。刃の根元が折れ、柄から外れた。

不破は刃を遠くに蹴りつけ、ケンに言った。

「早く消えろっ」

「て、てめえ」

「内臓が血袋《ちぶくろ》になってもいいのか？」

「くそったれめ！」

ケンが悪態をつきながら、よろよろと立ち上がった。

不破は油断しなかった。相手の動きを目で追う。ケンは反撃することなく、逃げるようにボックスから出ていった。

「旦那、見逃してくれるんでしょ？　おれ、もう星を増やしたくないんっすよ」

浜井が尻を床に据《す》えたまま、縋《すが》るような口調で言った。星というのは、前科を意味する隠語だ。

「前科《マエ》はいくつあるんだ？」

「星は、まだ一つです。けど、おれ、十八んとき、多摩の少年院《ネンショウ》にも送られたんすよ」

「開き直れない奴は、やくざにゃ向かないな」

「………」

「どうした？　何か言いたいことでもあるのか」

「いいえ、別に何も。拳銃、持ってかれちまうんすか？」

「いまのおれに押収する権利はないよ。ただ、ここでぶっぱなされたくないんで、このまま帰らせるわけにはいかないな」

「まさか道具を分解しちまうんじゃないっすよね？」

「そこまで手はかけられんよ」

不破は空のマガジン・クリップと実包の薬莢《やっきょう》の部分を靴の踵《かかと》で踏み潰《つぶ》した。これで、デトニクスは使えなくなったわけだ。

浜井が溜息をつき、ひしゃげたマガジン・クリップとポリ袋に入った潰れた実弾をアタッシェケースの中に放り込んだ。

「二度とおれの店に来るな」

不破は言った。

浜井が神妙にうなずき、急いでアタッシェケースの蓋を閉《し》めた。右手首には、赤痣《あかあざ》がくっきりと彫《ほ》り込まれていた。早くも地腫《じば》れしている。

「おまえも消《う》せろ」

不破は命じた。

浜井がアタッシェケースを抱えて、無言で立ち上がった。そのとき、隣の五〇三号室で女の悲鳴がした。気になる美人客の声かもしれない。

不破はボックスを走り出た。

五〇三号室の防音ドアの所で、男と女が揉み合っていた。ケンと例の女だった。ケンは女の片腕を捩《ねじ》上げ、右手に西洋剃刀《かみそり》を握っていた。

「お客さんから手を放せ！」

不破は二人の前に進み出た。ケンが女の喉《のど》に剃刀の刃を宛《あ》てがった。

「近づくんじゃねえ。てめえも甘いな。おれは、いつも刃物《ヤッパ》を二つ持ち歩いてんだ」

「ばかな真似《まね》はよせっ」

「うるせえ。早く浜井さんを呼んで来いや」

「わかった。待ってろ」

不破はケンに言い、五〇二号室に目をやった。ちょうど浜井がボックスから出てくるところだった。

「ケンって坊やがお客さんを人質に取って、刃物で威《おど》してるんだ。おまえに用があるらしい」

「おれ、もう関係ないっすよ」

「おまえが来なきゃ、お客さんに危害を加えられるかもしれないんだ。来てくれ」

不破は頼んだ。

ボックスに引っ込んだケンが大声で浜井の声を呼んだ。そのとたん、浜井は店の出口に向かって走りはじめた。

不破は浜井を追おうとした。すると、ケンが甲高い声を張りあげた。

「いまは追うな。その代わり、一時間以内に浜井さんをここに連れて来い」

「無茶を言うな」

「おれに逆《さか》らったら、この女の喉を掻っ切るぞ。早く浜井さんを捜しに行けっ」

ケンは喚《わめ》き散らし、防音ドアを素早く閉《し》めた。

テーラードスーツの女は恐怖に戦《おのの》いている。

ケンを長いことボックスに立て籠《こも》らせるのは、ちょっと危険だ。早く救出してやらなければならない。

不破は通路にたたずみ、思考を巡《めぐ》らせた。

少し経《た》つと、妙案が閃《ひらめ》いた。不破は受付カウンターに足を向けた。律子はヘッドフォンを外し、何かメモを取っていた。

不破は五〇二号室で起こったことを手短に話し、律子に言った。

「客のいるボックスを全部回って、これから火災報知機のテストがあるって言い含めてくれ」

「なんなの、それって？」

律子が、きょとんとした顔で問いかけてきた。

「客を西洋剃刀で脅してる奴をボックスから誘《おび》き出したいんだ」

「そいつに、店が火事になったと思わせるわけね？」

「そうだ。事前に他の客に言っとかなきゃ、大騒ぎになるからな」

「ええそうね。でもさ、剃刀を持った奴、ボックスから出てくると思う？」

「ああ、おそらくね。ボックスに閉じ込められるかもしれないと思ったら、誰だって平静じゃいられなくなるからな」

「ま、そうね。竜次さん、いいアイディアがあるの」

「どんな？」

「五〇三号室にドアの隙間から、ドライアイスの煙を送り込むのよ。そしたら、剃刀の男、ほんとの火事だと思い込むんじゃない？」

「面白そうな提案だが、そこまで細工することもないだろう」

「残念！」

「律ちゃん、急いでくれ。きみがボックスを回り終えたら、おれは火災報知機の警報を響かせる」

不破は急かした。

律子が弾《はじ》かれたように椅子から立ち上がり、通路の奥に小走りに走っていった。それを見届け、不破は厨房に駆け込んだ。

航がＦＭ放送を聴きながら、フルーツの盛り合わせをこしらえていた。不破は航に間もなく警報が鳴る理由を喋《しゃべ》って、すぐさま受付カウンターの前に引き返した。

火災報知機は、受付のそばに設置されている。

報知機は二種類あった。一つはビルの各階に通じているもので、もう一つは店内用のものだった。後者の警報は、予《あらかじ》め音量を低めてあった。

不破は店内用報知機の前に立った。
六、七分後、律子が駆け戻ってきた。彼女は走りながら、指でＯＫサインをつくった。
不破は大きくうなずき、半球体のプラスチックカバーを拳《こぶし》で突き破った。勢いが余ったのか、破片が四散《しさん》した。ほとんど同時に、通路にサイレンが鳴り響きはじめた。固定電話の着信音よりも、わずかに高い音だった。

配線は各ボックスに巡らせてある。客たちの耳にも警報は届いたはずだ。

しかし、誰もボックスから飛び出してこない。うまくいきそうだ。

不破はネクタイの結び目を緩め、五〇三号室に走った。

すぐに防音ドアの横の壁にへばりつき、息を詰める。待つほどもなく、ドアが勢いよく開けられた。

通路に走り出てきたのは、ケンひとりだった。

西洋剃刀は手にしていなかった。

「引っかかったな」

不破はケンの襟首をむんずと摑んだ。そのまま引き寄せ、捻《ひね》った腰に相手の体を載《の》せる。

ケンが短く叫んだ。

不破は得意の跳《は》ね腰で、ケンを床に投げ飛ばした。倒れた瞬間、ライダース・ジャケットから西洋剃刀が零《こぼ》れ落ちた。ドイツ製のゾーリンゲンだった。

ケンが半身を起こし、剃刀を目で探しはじめた。すぐに這《は》って、拾い上げようとした。

不破はケンを蹴りつけた。

ケンは丸太のように転がり、壁に弾き返された。呻き声は、じきに唸《うな》り声に変わった。

不破は西洋剃刀を抓《つま》み上げ、すぐに刃を引き出した。

ケンがそれに気づき、肘で体を支え起こした。背は壁に密着している。

「おとなしく帰れと言ったはずだ」

不破は片膝をつき、ケンの胸倉を摑んだ。

「てめえ、おれを騙《だま》しやがって」

「すぐに刃物を使うのは悪い癖だな」

「うるせえ」

「少し怕《こわ》い思いをしたほうがいいだろう」

「て、てめえ、何する気なんだよ⁉」

ケンが震え声で言った。

不破は冷笑し、剃刀の刃をケンの頬に寄り添わせた。

「どうだ？　気分のいいものじゃないだろうが。剃刀で斬られると、傷口がうまく縫《ほう》合《ごう》できないんだ。知ってるか？」

「刑事《デカ》だった野郎に、そんなことがやれるわけねえ」

「試してみるかい？」

「やめろ、やめてくれ！」

ケンが細い目を剝《む》き、歯を鳴らしはじめた。

不破は、ほんの少し刃を立てた。

ケンが蒼ざめ、目を閉じる。不破は剃刀で、革のライダース・ジャケットを三十センチ近く切り裂いた。左胸のあたりだった。

「勘弁してくれ。おれが悪かったよ」

ケンが哀れっぽい声で謝った。

不破は剃刀を折り畳み、ケンから離れた。ケンが立ち上がって、そのまま逃げ去った。

不破は剃刀を上着の内ポケットに滑《すべ》らせ、五〇三号室に走り入った。

美人客はソファの横に立っていた。慌てた様子はうかがえない。報知機が誤作動したと思ったのだろうか。

「さっきの男は、もう追っ払いました。お怪我はありませんか？」

「ええ、どこも。でも、怕かったわ」

「ご迷惑をかけました。申し訳ありませんでした」

不破は深々と頭を下げた。

「お店の方に責任はありませんわ。ああいう通り魔的な犯罪は、防ぎようがありませんもの」

「そう言っていただくと、少しは気持ちが軽くなります」

「失礼ですが、不破さんでしょうか？」

女が意を決したような顔で、そう問いかけてきた。

「そうです。どこかでお目にかかったことはないと思うが……」

「ええ。初対面です。あなたのことは、浜田山の清水友紀《しみずゆき》さんからうかがいました」

「そうでしたか」

不破は納得した。一年近く前に、清水友紀の復讐を代行している。

友紀は三十代半《なか》ばの画商だ。かつての恋人に私生活のスキャンダルを種《たね》に時価二千万円の絵画を強請《ゆす》り取られ、不破の許《もと》に駆け込んできたのだ。友紀は、富塚繁の書いた紹介状を持っていた。

「わたし、清水さんと同じフィットネスクラブに通っていたんです。それで、あなたが復讐請負人だということを教えていただいたわけです」

「なるほど」

「申し遅れましたが、わたくし、片桐小夜子《かたぎりさよこ》といいます」

女がフランス製のハンドバッグから、和紙の小型名刺を抓《つま》み出した。

不破は、それを受け取った。肩書はなく、自宅の住所と電話番号が印刷されているだけだった。住まいは杉並区の久我山《くがやま》だ。

「不破さん、どうかわたしの力になってください。お願いします」

小夜子が切迫《せっぱく》した声で訴えた。

「とにかく、お話をうかがいましょう」

「ここで、ご相談させていただいてもよろしいんですか？」

「外に出ましょう。裏の仕事のことは、従業員も知らないんでね」

「そうですの。それでは、別の場所で詳《くわ》しい話をいたします」

「この近くに行きつけの酒場があります。そこに案内しましょう」

不破は先にボックスを出た。

4

「死んだ夫の仇《かたき》を討《う》っていただきたいの」

小夜子が切り出した。思い詰めた表情だった。

不破たちは、奥まったテーブル席で向かい合っていた。

客は疎《まば》らだった。歌舞伎町あずま通りにある小さなバーだ。

六十年配のマスターはカウンターの中で、ガルシア・ロルカの詩集を読んでいた。

元外交官という変わり種《だね》だった。

「その若さで未亡人だったとは……」

「若いといっても、もう二十七なんです」

「まだまだ若いじゃないですか。それで、ご主人は事故死か何かだったのかな？」

不破は問いかけ、スコッチのオン・ザ・ロックスを呷《あお》った。

キープボトルは、十二年物のシーバス・リーガルだった。小夜子の前には、薄めの水割りが置いてあった。

「いいえ、自殺でした」

「それは驚かれたでしょうね」

「ええ。夫は経営していた会社の倉庫で猟銃の銃口をくわえて、足の指で引き金を……」

小夜子が言葉を途切らせ、うつむいた。涙ぐんでいるようだった。

不破は煙草に火を点《つ》けた。

一分ほど過ぎると、小夜子がつと顔を上げた。目が充血している。痛々しかった。

「夫の洋介《ようすけ》は、まだ三十三歳でした」

「亡くなられたのは？」

「七カ月前です」

「そうですか。自殺の動機は何だったんです？」

「夫は会社を乗っ取られてしまったんです」

「そのあたりのことを詳しく話してください」

不破は上着の内ポケットから、焦茶《こげちゃ》の手帳を抓み出した。裏稼業用の手帳だった。

煙草の火を消し、相手の言葉を待つ。小夜子が水割りで喉を湿らせ、澱《よど》みなく喋《しゃべ》りはじめた。

片桐洋介は、赤坂で輸入家具の販売会社を経営していた。

会社を設立したのは、六年前だった。社名は『片桐エンタープライズ』だ。

片桐は、主にイタリアの高級家具を扱っていた。デフレ不況にもかかわらず、年商は飛躍的に伸びた。最盛期には、売上高が七十億円を突破した。

たった五人しかいなかった社員も、そのころは十倍に増えていた。

その急成長ぶりがマスコミで話題になり、片桐はニュービジネスの新旗手と騒がれた。

しかし、思いがけないことで社運が傾くことになった。

イタリアからの船荷の中に、数キロのコカインと数挺のベレッタが紛《まぎ》れ込んでいたのである。それが東京税関の手によって、摘発された。

片桐には、まるで身に覚えのない密輸容疑だった。むろん、彼はそのことを税関職員と捜査関係者に訴えた。

片桐は証拠不十分ということで、起訴は免れた。

だが、『経営界ジャーナル』というスキャンダル雑誌が事件のことを報じた。記事には仮名が使われていたが、関係者には片桐が容疑を持たれたことは伝わってしまった。

その上、何者かが『片桐エンタープライズ』の取引銀行に怪文書を送りつけた。その内容は、片桐に密輸の前科があるという内容だった。さらに、暴力団関係者との黒い結びつきも付記されていた。どちらも事実無根のデマだった。

それでも、取引銀行は次々に融資を渋るようになった。

片桐は焦《あせ》った。有能な弁護士を雇い、『経営界ジャーナル』の発行人を名誉棄損《きそん》で告訴した。

発行人の鶴岡公盛《つるおかきみもり》は、ブラックジャーナリズム界の超大物だった。商法改正までは、総会屋として暗躍していた男だ。もう七十歳近い。

鶴岡はスキャンダル・メーカーとして、政財界人に恐れられていた。暴力団との関わりも深く、強《したた》かな人物だった。

片桐は逆に鶴岡から誣告罪《ぶこくざい》で訴えられた。

裁判は縺《もつ》れに縺れた。その間、片桐の会社は著《いちじる》しく業績が悪化してしまった。

やがて、取引銀行は完全に融資を打ち切った。得意客たちからのキャンセルも相次いだ。

片桐の会社は大量の在庫商品を抱えることになった。

在庫品の投げ売りをしてみたが、売上は伸びなかった。売掛金の回収率も落ちた。

片桐は運転資金に窮《きゅう》するようになった。

ノンバンク系の金融機関を駆け回ってみたが、どこも担保物件の査定額は信じられないほど低かった。やむなく片桐は法人資産を抵当に入れ、新興のファイナンス会社『豊栄リース』から五億円を借り入れた。金利は、ひどく高かった。その会社は、首都圏で最大の勢力を誇る関東桜仁会《おうじんかい》の企業舎弟《フロント》だった。

片桐がそのことを知ったのは、融資後である。

歯噛《はが》みしたが、もはや手遅れだった。片桐は高利に押し潰され、ついに会社を乗っ取られることになった。失意のどん底に突き落とされた彼はノイローゼになり、自分の散弾銃で発作的に命を絶《た》ってしまった——。

痛ましい話だった。

不破はグラスを空《あ》け、ウイスキーを多めに注《つ》いだ。氷塊をひとつ足したとき、小夜子が口を開いた。

「誰が夫を追い詰めたのか、あなたに調べていただきたいんです。そして、その人物に制裁を加えてもらいたいの」

「どんな制裁をお望みなんです?」

「できれば、夫を陥《おとしい》れた人間を……」

「葬《ほうむ》ってしまいたい?」

不破は、後《あと》の言葉を引き取った。

小夜子が黙ってうなずいた。その目は暗く燃えていた。

「そこまでは引き受けられないな。こっちは殺し屋じゃないんでね」

「夫は殺されたようなものです。ただ、相手を痛めつけるだけでは気が済みません」

「美人の頼みでも、人殺しはやれない。それが自分に課《か》したルールなんですよ。しかし、相手が救いようのない悪党《ワル》なら、半殺しにはしてやります。そういう奴には、法の裁《さば》きは届きませんからね」

「それでも結構です。引き受けていただけます？」

「やってみましょう」

「ありがとうございます。よろしくお願いします」

小夜子が頭を下げ、ほっとした顔つきになった。

不破は、ほほえみ返した。

「ただ、困ったことがあるんです」

「困ったこと？」

「はい。久我山の自宅を売りに出しているんですけど、なかなか買い手がつかない状態なんです。ですから、すぐには謝礼を差し上げられないかもしれないんですよ」

「ご主人の負債が、まだ残ってるんですね？」

「ええ。自宅の土地もメガバンクの抵当に入っているんです。多少の貯《たくわ》えで当座の生活費は何とかなるんですけど、月々、大きな返済はできませんから、家を処分することにしたわけです」

「何かと大変だな」

不破は同情した。

「ええ。でも、なんとか頑張ってみます」

「月並な言い方ですが、人生、いいこともありますよ」

「そう思うことにします。そんな事情がありますので、着手金の用意もできなかったんです。これを着手金代わりに、お納めください」

小夜子がそう言い、左手の薬指からダイヤの指輪を抜き取った。

「そんな物をいただいても、こちらも困るな」

「これを換金してください。買い叩かれたとしても、数十万円にはなると思います」

「着手金は必要ありません。それから、成功報酬も都合《つごう》のついたときで結構です」

「でも、それでは……」

「この裏ビジネスは、いわば一種の道楽なんですよ。少なくとも、金儲けが目的じゃありません」

「それは、よくわかります。友紀さんからも、謝礼はお布施《ふせ》と同じで依頼人が額を決めればいいんだと聞いていましたから。それでも、相場がありますでしょ？」
「そんなことは考える必要ありません。謝礼は、ほんの気持ちだけで結構です」
不破は言った。
別段、痩《や》せ我慢をしているわけではなかった。どの依頼人にも同じことを言ってい
た。正直なところ、報酬は少ないよりは多いほうがありがたい。だからといって、金
銭に執着する気持ちはなかった。
悪人狩りそのものが愉《たの》しいから、裏稼業をつづけているといってもいい。当初は、
正義感と義憤に衝《つ》き動かされていた。
しかし、いまでは狩りを楽しむ猟犬のような気持ちが強くなっていた。実際、死と
背中合わせのハンティングは刺激的だった。たとえ無報酬でも、やめられそうもない。
「弱りましたわ。それじゃ、不破さんにご迷惑をかけてしまいますもの」
「どうってことありません」
「それでは、お言葉に甘えさせていただきます」
小夜子が済まなそうに言い、ダイヤの指輪を指に戻した。
それから彼女は、水割りを口に運んだ。優美な所作だった。しなやかな白い指は、
ぞくりとするほど美しかった。パーリーピンクのマニキュアもきれいだった。
不破は、思わず見惚《みと》れてしまった。わけもなく気分が浮き立ちはじめた。

「実はわたし、だいぶ迷ったんですよ」

「迷った？」

「ええ。あなたに、夫の仇を討ってもらうことに。復讐なんて時代がかってますし、無意味な気もしたんです。仕返ししたところで、死んだ人間が還《かえ》ってくるわけじゃありませんでしょ？」

小夜子が相槌《あいづち》を求めるような口調で言った。

「確かに、虚《むな》しい行為かもしれない。しかし、煮《に》え湯《ゆ》を飲まされた者は報復することによって、気持ちに区切りがつけられます」

「それは、そうでしょうね」

「残念ながら、法だけでは悪党どもは裁けません。法律には必ず抜け道がありますし、法の番人たちも所詮は人の子です。権力者には頭が上がらないし、金品にも誘惑されやすい」

「おっしゃる通りだと思います。やっぱり、悪い奴は懲《こ》らしめてやるべきね」

「そう思います。ところで、二、三、うかがっておきたいんだ」

不破は手帳の頁《ページ》を繰《く》った。

「なんでしょう？」

「ご主人の自殺のことは、新聞やテレビでは報道されなかったような気がするんだが

「……」

「ええ、報道はされませんでした。主人の親類の者が赤坂署に頼んで、マスコミには伏せてもらったんです」

「なるほど。それで、遺書はあったんですか？」

「ありました。遺書といっても、パソコンで打った簡単なものでしたけど」

「差し支《つか》えなかったら、遺書の内容を教えてください」

「疲れた、ゆっくり休みたい。小夜子、赦《ゆる》してくれ。それだけでした」

「散弾銃は、ご主人のものだったんですか？」

「そうです。夫が愛用していたレミントンの水平式二連銃でした」

小夜子がそう言い、水割りで喉を潤《うるお》した。

「死体が発見されたのは？」

「去年の十月十三日の早朝です。出勤した倉庫係の社員が、頭の半分消えた夫の死体を発見したんです。平松光太郎《ひらまつこうたろう》という者です」

「その方の連絡先はわかりますね？」

「ええ、家に社員名簿がありますから」

「場合によっては、その方に会うことになるかもしれません。その節は、よろしく！」

「わかりました」

「ご主人の会社を乗っ取った『豊栄リース』の代表取締役は、いまも牧村義樹《まきむらよしき》という男ですか?」

「ええ、そうです。あなたは、牧村をご存じなんですか⁉」

「昔の仕事で、ちょっと関《かか》わりがあったんですよ。牧村は関東桜仁会の若頭補佐で、牧村組を率《ひき》いてもいるんです。つまり、二次組織の組長です」

「不破さんは以前、どんなお仕事を?」

「清水友紀さんも、そこまではあなたに話さなかったんだな。二年数カ月前まで、新宿署にいました」

不破は声を潜《ひそ》めた。小夜子の顔に驚きの色が浮かんだ。

「刑事さんだったんですか」

「そうです」

「なんだか信じられない気がします。だって、法を犯す人間を取り締まっていた方が今度は非合法な手段で……」

「さっきも少し言いましたが、法の無力さを刑事時代に痛感させられたんですよ。それで、こんな裏稼業をやる気になったわけです」

「そうですの。でも、驚きました」

「昔の話はよしましょう。あまりいい思い出がないんでね」

不破は冗談めかして言い、すぐに話題を変えた。

「ご主人との生活は、そう長くはなかったんでしょ？」

「ええ。結婚生活は、たったの一年九カ月でした」

「お子さんは？」

「恵まれませんでした。夫は、とっても子供を欲しがっていたんですけど」

小夜子が、ふっと顔を曇らせた。

「何か立ち入ったことを訊《き》いてしまったようだな」

「いえ、いいんです。流産したときのことをちょっと思い出してしまったんです」

「そうですか。あなたは東京育ちなのかな」

「いいえ、小樽《おたる》で育ちました」

「それじゃ、ご両親は向こうに？」

「両親は、もう亡くなりました。わたし、ひとりっ子なんです。小樽には、伯父の家族がいるだけです」

「ご主人のお身内の方は、都内にいらっしゃらないのかな？」

不破は問いかけてから、スコッチ・ウイスキーを半分ほど飲んだ。氷がぶつかり合って、涼やかな音をたてた。

「義父《ちち》が目黒区の碑文谷《ひもんや》にいます。夫の母親は、四年ほど前に病死しました。夫も、ひとりっ子だったんです」

「そうすると、お義父《とう》さんは碑文谷で独り暮らしをされてるわけか」

「ええ。もっとも独り暮らしといっても、お手伝いさんが二人もいますけどね」

「リッチな生活をしてるんだな。何か事業をやってるんですか？」

「テナントビルを三棟とパーキングビルを所有して、その管理会社も経営しています」

「そりゃ、凄い。ご主人は、なぜ父親の仕事を引き継《つ》がなかったんです？」

「夫は、親の財力を当てにするような男性じゃありませんでした。ですから、自力で会社を興《おこ》したんです」

小夜子が、いくらか誇らしげに言った。

「それは立派な心がけだな。なかなかできることじゃありません」

「ええ、まあ。義父《ちち》が自分の子供は甘やかさない方針でしたので、夫も自立心が人一倍強かったんだと思います」

「それじゃ、窮地に追い込まれたときも、ご主人は父親には泣きつかなかったんですね？」

不破は両切りのピースをくわえた。

「はい。夫は義父《ちち》の助けは借りませんでした。もし義父に相談していれば、こういう結果にはならなかったと思います。それが悔やまれてならないんです」

「お義父《とう》さんのお名前は？」

「片桐卓造《たくぞう》と言います。六十四歳です。義父《ちち》は厳格な人ですが、夫には愛情を持っていました。お金のことも相談していれば、きっと何とかしてくれたにちがいありません」

「そりゃ、そうでしょう。なんと言ったって、親子なんですから」

「現に義父は夫の亡骸《なきがら》に取り縋《すが》って、『なんで一言相談してくれなかったんだ』と泣きじゃくっていました」

「そうですか」

「義父がとっても哀《あわ》れでした」

小夜子が呟《つぶや》くように言って、水割りのグラスを摑み上げた。

二人の間に、沈黙が落ちた。

不破は煙草の火を灰皿に押しつけた。消し方が甘かった。ひと条《すじ》の煙が垂直に立ち昇っている。

消し直そうとしたとき、手の甲に小夜子の指先が触れた。彼女は気を利かせて、煙草の火を消そうとしてくれたらしかった。

「どうも……」

「ごめんなさい」

小夜子が恥じらった様子で言い、慌《あわ》てて手を引っ込めた。若い未亡人の仕種《しぐさ》は妙に初々《ういうい》しかった。

不破は狼のような目を和《なご》ませ、燃えくすぶっている煙草の火を消した。

「ピースを喫われているのね。その煙草を喫っている方は、いまは珍しいんじゃありません？」

「ちょっと旋毛《つむじ》が曲がってるんですよ」

「うふふ。煙草、お好きなようですね？」

「ニコチン中毒ってやつです。部屋中、脂《やに》だらけです」

「奥さまに何か言われません？」

「目下、独身です。だいぶ前に女房に愛想を尽《つ》かされましてね」

「あら、どうしましょう⁉　わたしったら、つまらないことを言ってしまって」

小夜子が申し訳なさそうな顔つきになった。

「気にしないでください。それより、もう少し飲《や》りませんか？」

「せっかくですけど、もう……」

「そうですか。それじゃ、ぼちぼち引き揚《あ》げましょう」

「はい」

「おっと、忘れるとこだった。まだ名刺を差し上げてなかったな」

不破は上着の内ポケットを探《さぐ》った。

名刺には、店と自宅の連絡先が刷《す》り込んである。小夜子は名刺を両手で受け取り、大事そうにハンドバッグに収《おさ》めた。

ほどなく二人は腰を上げた。

店の前で、左右に分かれた。夜気《やき》は生暖かい。夜半から雨になりそうだ。

いい女だ。

不破は胸底《きょうてい》で呟き、自分の店に戻った。

すると、航と律子がホールと通路の掃除をしていた。床にはビール壜《びん》の欠片《かけら》が散乱し、観葉植物の鉢は倒されていた。腐葉土《ふようど》が派手に零《こぼ》れている。

「何があったんだ？」

不破は航の肩をつついた。航が体を反転させた。

「あっ、お帰りなさい。留守中、大変だったんですよ。チーマーみたいな連中が押しかけてきて、ひと暴《あば》れしてったんです」

「おおかたケンって坊主の仲間だろう。被害は、どの程度なんだ？」

「五〇二と五〇三のボックスの中がめちゃくちゃにされて、防音ドアや壁も金属バットでぶち破られちゃいました」

「その程度なら、大騒ぎすることもあるまい」

不破は言った。

「ああいうワルガキどもは、少し懲《こ》らしめてやりましょうよ。一一〇番すべきだと思うな」

「機会があったら、おれがそいつらをとっちめてやるさ」

「このまま泣き寝入りするんですか。なんか癪《しゃく》だな」

航は不服そうだった。

「いいから、おまえは厨房に戻ってくれ」

「後片づけは、どうするんです？」

「律ちゃんとおれがやるよ」

不破は航の手から、モップを捥取《もぎと》った。

航が厨房に戻っていく。律子が不機嫌そうに言った。

「仕事中に女の人と抜け出したりするから、こんなことになるのよ。浮気者！　竜次さんは、あたしのことだけを考えてりゃいいの。わかった？」

「律ちゃん、女房気取りはやめてくれ。いい女たちに敬遠されちまうじゃないか」

不破は軽口をたたいた。

「さっきのきれいな女、誰なの？」

「知り合いの奥さんだよ」

「悪い男！　人妻に手をつけたんでしょ？」

「そんなんじゃない。ちょっとした相談に乗ってやっただけさ」

「ほんとかな。なんか信じられない感じ！　あたしさ、竜次さんが女とお茶飲むだけでも、なんか厭《いや》なのよね。考えてみれば、あたしも不幸よねえ」

「不幸？」

「そう。だってさ、こんなおじさんに惚《ほ》れちゃったんだもん」

「いい加減にしてくれ。それはそうと、留守中におれに電話は？」

「伊吹《いぶき》って女の人から、二度電話があったわよ」

律子が言った。

不破は、そう、とだけ答えた。伊吹というのは、元妻の再婚相手の姓だ。二度も電話があったのは、よほどの急用だったのだろう。

娘の志穂が大怪我でもしたのか。禍々《まがまが》しい予感が膨らんだ。

「ちょっと電話してくる」

不破は律子にモップを押《お》しつけ、事務室に駆け込んだ。

机に向かい、伊吹家に電話をする。先方の受話器が外れた。電話口に出たのは、恭子だった。

「おれだよ。二度も電話をもらったらしいな。志穂がどうかしたのか？」

「あの子、登校拒否児になっちゃったの。ここ十日近く、ずっと学校に行ってないのよ」

「登校拒否って、まだ一年生じゃないか。クラスに、いじめっ子でもいるのか？」

「ううん、そうじゃないの。わたしに伊吹と別れろって、駄々《だだ》をこねてるようなのよ。あんなに伊吹に懐《なつ》いてたのに、最近は避《さ》けてばかりいて」

「おれに志穂を引き取れってことか」

不破は言った。つい突っかかるような物言《ものい》いをしてしまった。

「そういうわけじゃないのよ。わたし、どうしていいのかわからなくて」

「きみは保母だったんだから、子供の扱いには馴《な》れてるはずだ」

「自分の子となると、判断に迷うことが多いのよ。こんなこと、伊吹には相談できないでしょ？」

「旦那は、まだ会社から戻ってないようだな」

「出張で、いま四国に行ってるの」

恭子が言った。

再婚相手の伊吹は大手建設会社のエンジニアだった。一面識もなかったが、温厚な人物だという話だ。

「志穂のこと、どうしたらいいのかしら？」

「そのことは忘れちゃいないわ。でも、あなただって、あの子の父親なのよ。少しぐらいは……」

不破は言い返し、受話器を握り直した。

「おれと別れるとき、きみは志穂のことは任せてくれって言ったはずだ」

「冷たいのね、相変わらず」

「旦那と相談してみるんだね」

「法律上は、おれと志穂はもう他人だからな」

「わかりました。いいわ、こちらで何とかします」

恭子が棘々《とげとげ》しく言い、先に電話を切った。耳障《みみざわ》りな音が胸を刺した。

不破は志穂が不憫《ふびん》に思えた。娘が望むなら、引き取って育ててやりたい気もした。しかし、そうすることが志穂の幸せに結びつくだろうか。そうは思えなかった。かつての妻に素っ気ない受け答えをしたのは、娘のことを考えたからだった。

志穂に借りをつくってしまった。

不破は重苦しい気分になった。

5

汗ばんできた。

吐く息も荒くなった。少し体が鈍《なま》りはじめているのか。

不破は走りながら、手の甲で額を拭《ぬぐ》った。

灰色のジョギングウェア姿だった。あと数百メートルで、新宿御苑《ぎょえん》の外周路を四周したことになる。

まだ夜は明けきっていない。

薄暗かった。五時半を少し回っていた。車も人も、ほとんど見当たらない。

朝まだきの街は静寂に包まれていた。

空気が清々《すがすが》しい。あたり一面に、新緑のむせ返るような匂いが漂っている。御苑の樹々《きぎ》は膨らんで見えた。繁った若葉のせいだ。

不破は毎朝、自宅の近くにある新宿御苑を五周していた。

土砂降りの雨の日でもない限り、休むことはなかった。いつも店からマンションに戻ると、真っ先にジョギングウェアに着替える。

ひとっ走りしてからベッドに潜《もぐ》り込み、正午前後に目覚める。それが不破の生活パターンだった。

ジョギングを欠かさないのは、筋肉の衰えを防ぎたかったからだけではない。不破は何よりも、体を動かすことが好きだった。運動をすると、全身の細胞が活気づき、血の流れが速《はや》くなる。

その感覚を確認するとき、しみじみと生きていることを実感できる。その瞬間が、たまらなく好きだった。三日も雨天がつづくと、きまって神経が苛々《いらいら》してくる。

ほどなく左手に、千駄ケ谷門《せんだやもん》が見えてきた。

依然として、人影はない。ジョギングの起点だった。

現在、御苑の出入口は三カ所しかない。千駄ケ谷門、大木戸門《おおきど》、新宿門だ。正門は閉鎖されて久しかった。催事のある日しか使われない。

不破は千駄ケ谷門の発券所に駆け寄った。

窓口の閉《と》ざされた発券所は、ひっそりとしていた。小さなブースの脇に、透明なビニール袋に入った野鳥の餌《えさ》が置いてある。

中身は食パンの耳や刻んだ果実だ。

きょうの果実は、バナナとリンゴだった。どちらも店の余りものである。

不破は餌の詰まったビニール袋を摑み上げると、いつものように指笛を鳴らした。

それを合図に、御苑内から十数羽の野鳥が飛んできた。数では雀が最も多かったが、鵯《ひよどり》、四十雀《しじゅうから》、小綬鶏《こじゅけい》、山鳩なども混じっていた。

「ほら、朝飯だ。たらふく喰え」

不破は餌を扇状に撒《ま》いた。

野鳥がさえずりながら、それぞれ好物をついばみはじめた。それを見届けてから、不破は正門の方に走りだした。ビニール袋は手に提《さ》げていた。

餌は、だいぶ残してある。

この後は、正門、大木戸門、新宿門の順に餌をばら撒いていく。五周目は、いつもそうしていた。

野鳥に餌を与えるようになったのは、離婚後だった。

単なる気まぐれでやりはじめたことだったが、多少の思い入れもあった。二年半前、不破は娘が飼っていたひと番《つがい》の桜文鳥を死なせている。むろん、故意に殺したわけではなかった。

妻が志穂を連れて郷里の秋田に帰省《きせい》したとき、丸一週間も桜文鳥に水も粟《あわ》も与えなかったのだ。連日の張り込みで疲れ果て、つい小鳥の世話を怠《おこた》ってしまったのだった。

志穂は二羽の桜文鳥の死を知ると、幾日も泣きつづけた。

そのくせ、父親に非難めいたことは何も言わなかった。ひたすら小鳥の死を悲しむだけだった。

それが、かえって胸に応《こた》えた。そんな経緯《いきさつ》もあって、不破は野鳥に餌を運びつづけていた。一種の罪滅《ほろ》ぼしのつもりだった。

やがて、五周走り終えた。

不破はマンションに足を向けた。いつの間《ま》にか、空は仄《ほの》明るくなっていた。

歩《ほ》を進めていると、後ろからバイクの走行音が響いてきた。

何かの配達のバイクだろう。

不破は振り向かずに、道の端に寄った。足は止めなかった。バイクのエンジン音が高くなった。

空気が揺れた。

数秒後、不破は首の後ろを何か硬い物で強打された。まさに不意打ちだった。避けようがなかった。一瞬、息が詰まった。目も霞んだ。腰が砕け、不覚にも片膝をついてしまった。

不破は顔を上げた。

走り去る大型バイクが見えた。男同士の相乗《タンデム》りだった。シートに打ち跨《また》がった二人は、ともに正面を向いていた。

後ろに腰かけた男は、右手に大振りのスパナを握っていた。三十センチはありそうだった。二人とも、黒っぽいフルフェイスのヘルメットを被《かぶ》っていた。体つきは若かった。

関根組の浜井が昨夜の腹いせに、暴走族の少年たちを差し向けたのか。あるいは、ケンが仲間の誰かと仕返しにきたのか。

どっちにしても、チンピラどもを相手にしている暇はない。

不破は、すっくと立ち上がった。

首にはスポーツタオルを巻いていた。タオルを外して、首筋を撫でてみる。血は出ていない。皮膚も破れてはいなかった。

首を回してみる。

骨に痛みは感じなかった。表皮と筋肉が疼《うず》いているだけだ。

首にタオルを巻いていなかったら、大怪我をしていたかもしれない。

不破は、ふたたび歩きだした。
七、八分歩くと、『千駄ケ谷アビタシオン』のある通りに出た。
気取った名がついているが、ごくありふれた賃貸マンションだ。九階建てで、外壁は薄茶の磁器タイル張りだった。

不破は何気なくマンションの表玄関に視線を向けた。

アプローチの植え込みの脇に、深みのある青い小型車が停《と》まっていた。プジョーだった。フランス製の車だ。

運転席に女が坐っていた。その後ろ姿は、依頼人の片桐小夜子に似ている。しかし、こんな早朝に訪ねてくるわけがない。

多分、気のせいだろう。

不破は、表玄関の石畳を踏みはじめた。ほとんど同時に、背後で聞き覚えのある女の声がした。

「不破さん……」

「えっ」

不破は立ち止まって、首を巡《めぐ》らせた。

プジョーの窓から、小夜子が顔を突き出していた。不破は笑顔で応《こた》え、青い小型車に走り寄った。右ハンドル仕様だった。

「おはようございます」

小夜子が言いながら、素早く車を降りた。ミントグリーンのトレーナーの上に、生《き》成《な》りのパーカを羽織っていた。

下は、黒の細身のパンツだった。すんなりとした脚《あし》の形が強調されている。小夜子は女としては大柄だった。百六十五、六センチはあるだろう。

「こっちを訪ねてきたのかな。それとも、このマンションにお知り合いでも……」

不破は問いかけた。

「あなたのところに来たんです。でも、お部屋を訪ねるには時間が早過ぎるんで、車の中でもう少し待つつもりだったんです」

「何かあったんですね？」

「ええ、ちょっと。お会いできて、よかったわ」

小夜子が安堵したように言った。

「いったい何があったんです？」

「きのう、久我山の家に戻ったら、門の前にオートバイに乗った二人組の男が待ち受けていたんです」

「どんな奴らでした？」

「二人とも、顔はよくわかりませんでした。黒っぽいフルフェイスのヘルメットを被《かぶ》ってたの。ひとりはスパナを掌《てのひら》に打ち当てながら、薄笑いをしていました」

「何をされたんです？」

不破は早口で訊《き》いた。

「乱暴なことはされませんでした。ただ、背の高いほうの男が『早く片桐家から籍を抜かねえと、ドラム缶ごと海に沈めるぞ』って凄《すご》んだんです」

「それだけ言って、その二人はおとなしく消えたんですか？」

「ええ、そうです。でも、家に入ってから、二度ほど無言電話がかかってきました。

厭《いや》がらせの電話をかけてきたのは、おそらくバイクの二人だと思います。それで怖《こわ》くなって、わたし、この車で自宅から逃げ出しちゃったの」

小夜子が言った。声が少し震えていた。逃げ出したときのことが脳裏に蘇《よみがえ》ったのだろう。

「それから、どうしたんです？」

「ひとりでホテルに泊まるのも落ち着かない気がしたんで、ドライブインに立ち寄りながら、あっちこっち走り回っていたんです」

「そう」

「もう怕くて怕くて。ふと気がつくと、このマンションに来ていたんです」

「もう少し詳《くわ》しい話を聞きたいな。わたしの部屋に来ませんか？」

「よろしいんですの、こんなに早い時間に。ご迷惑でしょ？」

「むさ苦しい部屋ですが、どうぞ遠慮なく。車、地下の駐車場に入れてくれませんか。誘導しましょう」

不破はプジョーの前に回り込んだ。

小夜子が運転席に入り、エンジンを始動させた。

不破は大股で歩き、地下駐車場のスロープを下《くだ》った。後から、プジョーが滑り降りてくる。

地下駐車場には、来客用のカースペースがあった。その場所に、小夜子の小型車を駐《と》めさせた。数台離れたスペースには、不破のクラウンが納まっている。車体はオフホワイトだ。

まだ新しかった。走行距離は五千キロにも満たない。

不破は数カ月前まで、旧《ふる》いBMWに乗っていた。そのドイツ車が生産されたのは、もう十年も前だ。

車には愛着があったが、故障つづきだった。修理代が、ばかにならなかった。

そんなわけで、思い切って新車に買い換えたわけだ。ローンは、まだ三年近く残っている。

小夜子がプジョーから出てきた。

不破は、彼女をエレベーター乗り場に導《みちび》いた。

マンションには、管理人はいなかった。エントランスドアも、オートロック・システムではない。居住者以外の者でも、勝手に建物の中に入れる造りだった。

二人は八階でエレベーターを降りた。

不破の部屋は八〇八号室だ。部屋からの眺めは悪くなかった。すぐ眼下に、新宿御苑が拡《ひろ》がっている。富士山も眺望できた。

間取りは1DKだ。ダイニングキッチンは八畳ほどの広さで、リビングセット風のテーブルと椅子が置いてある。

「コーヒーでも淹《い》れましょうか？」

「お構いなく」

「それじゃ、愛想なしだが……」

不破は小夜子に椅子を勧《すす》めた。

小夜子がパーカを脱ぎ、すぐに腰を下ろした。胸の隆起は豊かだった。不破も椅子に坐った。客と向かい合う位置だった。

素木《しらき》の楕円形《だえんけい》のテーブルの上は、かなり散らかっていた。

不破は新聞やマグカップを手早く片づけ、青銅の灰皿を手前に引き寄せた。吸殻《すいがら》が、いまにも零《こぼ》れ落ちそうだった。缶入りのピースを抓み、火を点ける。

「昨夜《ゆうべ》の二人組は何者なのかしら？」

膝《ひざ》の上でパーカを折り畳みながら、小夜子が不安そうに呟いた。

不破は、さきほどバイクに乗った二人組に奇襲されたことを話した。口を結ぶと、小夜子が言った。

「のっけから、そんな危険な目に遭《あ》われたのなら、考え直したほうがよさそうですね。不破さんにお願いしたこと、やめていただいたほうがいいのかもしれません」

「何を言ってるんです。そんなことぐらいで、尻尾《しっぽ》なんか巻きませんよ。それに、危険なことには馴《な》れてる。どうってことありません」

「頼もしいお言葉ですけど、くれぐれも無理はしないでくださいね」

「わかってます。命を粗末にするほど若くはありませんよ、残念ながらね」

「まだ三十二、三歳でしょ？」

「若く見られるようだが、もう三十七です。ところで、二人組を差し向けた奴に心当たりは？」

不破は、長くなった灰を指先で叩き落とした。

「最初は、なんとなく『豊栄リース』の厭がらせかなって思ったんです。でも、どうも違うようですね」

「違うと思った理由《わけ》は？」

「『豊栄リース』は夫の借金五億円プラス四億の金利を相殺《そうさい》する形で、『片桐エンタープライズ』の土地と建物を手に入れたんです。不動産は低く見積もっても、十億にはなります。それに『豊栄リース』は在庫商品七千五百万円分も押さえたわけですから、まったく損はしていない計算になります」

「損どころか、大儲けじゃないですか」

「そうですね。ですから、わたしにはなんの恨みもないと思うんです」

「きのうの話だと、牧村はご主人の会社をそっくり引き継《つ》いだってことでしたね？」

「ええ、社名を『インテリア牧村』と変えましたけど。それから輸入家具だけではなく、牧村はヨーロッパの高級陶磁器も扱っているようです」

「旧会社の社員は、そのまま新会社に雇われたんですね？」

「いいえ、採用されたのは約三分の一です。後の人たちは散り散りになってしまいました」

小夜子が言った。辛そうな顔つきだった。

「そうですか」

「きのう、不破さんは牧村義樹のことをご存じだとおっしゃっていましたよね？」

「ええ」

「牧村は計画的に『片桐エンタープライズ』を乗っ取るつもりだったんでしょうか？」

「それは充分に考えられるね。奴は、だいぶ前から〝会社喰い《マージャー》〟として、経営難に陥っている中小企業に目をつけてたんです」

不破は煙草の火を消しながら、小声で言った。

「そのマージャーっていうのは、どういう種類の人間なんですか？」

「体力を失った企業に喰《く》らいついて、骨までしゃぶってる奴らですよ。時には乗っ取り屋になったり、会社整理屋になったりして、荒稼ぎしてるわけです。言ってみれば、屍肉《しにく》を喰らう禿鷹《はげたか》みたいなもんですね」

「経済やくざの一種なのかしら？」

小夜子が問いかけてきた。

「まあ、そうですね。牧村は悪知恵の発達した奴です。わたしも悔しい思いをさせられたことがあります」

「刑事さんのころ？」

「そうです。牧村を恐喝と殺人教唆《きようさ》の疑いで検挙《アゲ》ようとしたんですが、まんまと逃げられてしまいました」

不破は、思い出すだに苦々しい気分だった。

「牧村義樹は何をやったんでしょう？」

「奴は、あるメガバンクと相互銀行の合併を巡るトラブルに首を突っ込んで、不都合な人間を脅迫したり抹殺したようなんです」

「当然、どちらかの銀行に雇われたんでしょ？」

「雇われたというより、雇わせたというほうが正しいな。牧村はメガバンクの弱みを握って、自分をフィクサーとして使えと売り込んだんですよ。そして、荒っぽいやり方で、難航中の合併吸収の話を取りまとめたんです」

「もしかしたら、牧村は相互銀行の役員の弱点を利用したんじゃありません？」

小夜子が訊いた。

「察しがいいな。その通りです。メガバンクに狙われた相互銀行は同族経営ということもあって、ずさんな決算をしてたんですよ。牧村は役員たちの女性関係も調べ上げ、合併吸収に応じろと迫ったわけです」

「そうですか。殺人教唆というのは、役員の誰かを……」

「ええ。合併に強硬に反対してた相銀《そうぎん》の副頭取を牧村は組の準構成員を使って、地下鉄駅のエスカレーターの上から突き落とさせたんです。副頭取は首の骨を折って即死しました」

「その準構成員は？」

「逮捕されました。突き落としたことは認めましたが、牧村の名はついに出しませんでした」

「それじゃ、その男だけが刑を受けることになったのね？」

「いや、そのチンピラも刑罰は科せられませんでした」

不破はそう言い、両切りピースをくわえた。

しかし、火は点けなかった。ダイニングキッチンに煙草の煙が籠《こも》っていたからだ。

「なぜ、そんなことに？」

「犯人は、覚醒剤中毒にかかってたんです。供述が矛盾だらけだったんで、精神鑑定を受けさせたら、心神喪失者《しんしんそうしつしゃ》と判定されたわけです」

「それで、刑事責任を問われなかったんですね？」

「ええ、そうです」

「その副頭取の方もお気の毒だけど、夫も運のない男性《ひと》です。牧村のような悪党のところに自分のほうから飛び込んでしまったわけですから」

小夜子の語尾が、わずかにくぐもった。

「好景気で不動産取引が盛んだったころは、牧村の奴、担保物件を転売して大儲けしてたんです。しかし、いまは地価が下落しっ放しですから、自分で事業を引き継ぐ気になったんでしょう」

「牧村は何か悪巧《わるだく》みをして、わたしからも何か搾《しぼ》る気なんでしょうか？」

「ちょっと確認しておきたいんだが、ご主人が亡くなったとき、自宅の土地や建物はあなたが相続されたんでしょう？」

「はい、銀行の債務ごと。ですから、仮に家が希望価格で売れたとしても、わたしの手許《てもと》には数千万円しか残らないと思うんです」

「牧村がその金を狙えるわけないし、あなたの籍を抜かせたがる理由もわからないな」

不破は手で弄《もてあそ》んでいた煙草をくわえ、ライターで火を点けた。

「ええ、そうなんですよ。ですから、牧村義樹がバイクの二人を差し向けたとは考えられないと思うの」

「そうだね。ちょっと訊きにくいことだが、あなた、誰かに逆恨《さかうら》みされてませんか？」

「夫の前の奥さんには、快《こころよ》く思われていないでしょうね」

　小夜子が答えた。

「あなた、後妻だったのか」

「はい。片桐が前の奥さんと別れて数カ月して、わたしたち、結婚したんです」

「ということは、ご主人が前夫人と別れる前から、あなた方は恋愛関係にあった？」

「ええ。その点については、前の奥さんには申し訳ないと思っています」

「前夫人のことを少し話してもらえないか」

「はい。前の奥さんは旧姓に戻っていますから、いまは神谷里香《かみやりか》という名になっています。現在、二十九歳です。彼女は銀座の並木通りで、クラブを経営しているはずです」

「もともと水商売をやってた女性なの？」

　不破は煙草の火を消し、小夜子に顔を向けた。

「いいえ、違います。片桐と結婚する前は、ＣＭタレントだったそうです。もっとも、それほど売れっ子だったというわけじゃないらしいけど」

「ご主人と前夫人の結婚生活は？」

「二年数カ月だったと思います」

「ご主人があなたに気持ちを移したことが、離婚のきっかけになったわけか」

「それが最大のきっかけだったと思いますけど、もともと主人と里香さんは性格が合わなかったらしいんです」

小夜子がパーカのファスナーの鈕《つま》みをいじりながら、ためらいがちに言った。

「前の奥さんは、どういうタイプの女だったんだろう？」

「死んだ片桐の話ですと、わがままで派手な性格だったようです。そんなことで、義父の卓造も里香さんとはあまり折り合いがよくなかったという話でした」

「里香は別れ話にすんなり応じたのかな？」

「別れることには、あっさり同意したそうです。でも、慰藉料のことで少し揉《も》めたようです。里香さんは自分には非がないんだから、現金で一億五千万円を寄越《よこ》せと言ったらしいんです」

「それで、ご主人はどうされたんです？」

不破は背凭《せもた》れに上体を預け、脚《あし》を組んだ。

「すったもんだの末、八千五百万円と箱根にあった別荘を里香さんに与えたようです。そのときの慰藉料で、彼女は銀座八丁目にお店を出したという話でした」

「クラブの名は？」

「確か『シャレード』だったと思います。片桐のところにも、開店の挨拶状がきたんです。それで、店名を憶《おぼ》えているんです」

「なるほどね」

「片桐はお人好しでしたから、お祝いの花を届けたようです。わたしは、なんとなくいい気持ちじゃありませんでしたけどね」

小夜子が微苦笑した。

「あなたは、前夫人とは一面識もないのかな？」

「一度だけ会っています。再婚する前に、彼女、わたしのいたマンションに来たことがあるんです」

「踏み込まれたわけか」

「そうです。その前々日から、片桐はわたしの部屋に泊まっていたんです」

「前夫人に、夫と別れてくれって哀願されたんだね？」

「いいえ。そういうことは一言も言いませんでした。彼女は片桐の下着の入った紙袋を差し出して、うちの旦那に渡してよって冷ややかに言い放って、すぐに帰っていきました」

「かなり気の強そうな女だな。相当、プライドが高いんだろう」

「ええ、そんな感じでしたね。里香さんは、わたしが夫の遺産を少しでも相続したことが腹立たしかったのかもしれません。だから、家を処分する前に、わたしの籍を抜かせたいと考えても……」

「そうなんだろうか」

不破は返事をぼかした。まるで考えられないことではなかったが、まだ同調するだけの根拠もない。

「彼女は、わたしが玉の輿《こし》に乗ったと妬《ねた》ましく思っているのかもしれません」

「玉の輿?」

「はい。わたし、札幌の短大を出てから、神田にある小さな商事会社でＯＬをやってたんです。片桐と再婚したとき、周囲の人たちにとっても羨《うらや》ましがられました。でも、わたしは打算で夫と結婚したわけじゃありません」

「他人《ひと》は、いろんなことを言うもんですよ。気にすることはない」

「ええ、そうですね」

「ご主人とは、どんなきっかけで知り合われたんです?」

「雨の日、バス停のところで、片桐の車に泥水を撥《は》ね上げられちゃったの。わたしのスカートは、びしょ濡れでした」

「ドラマチックな出会いだな。そうして、愛が芽生えたってわけか」

「からかわないでください」

小夜子が甘く睨《にら》みつけてきた。色っぽい目だった。

「話を元に戻すようだが、神谷里香はご主人が亡くなられたことは知ってるんでしょ？」

「ええ。どなたからか聞いたらしく、花輪を届けてくれました。もっとも、お葬式には姿を見せませんでしたけど」

「それじゃ、ご主人が借金だらけだったということも、きっと誰かから聞いてるな」

「ええ、多分」

「それなら、あなたを妬む気持ちにはならないと思うんだが……」

「よくわかりませんけれど、里香さんにしてみれば、自分から夫を奪った女になんか、一銭だって相続させたくないという気持ちがあるんじゃないかしら？」

「そんなもんだろうか」

「立場が逆だったら、わたしもそう考えるかもしれません」

「女って、執念深いんだな」

不破は言った。冗談のつもりだったが、小夜子は真顔《まがお》で言葉を返してきた。

「実際、そうだと思います」

「神谷里香のことも少し調べてみるか。しかし、ご主人を死に追い込んだのは牧村と鶴岡公盛でしょう。おそらく二人は結託してるな」

「不破さんは、鶴岡公盛と会ったことは？」

「会ったことはありません。しかし、何度か見かけたことはあります」

「そうですか」

「牧村と鶴岡がつるんでなかったとしても、情報を提供し合ってたことは間違いないでしょう。そういえば、鶴岡が記事をスキャンダル雑誌に載せる前に、ご主人に接触を図ろうとした気配は？」

「そういうことはなかったと思います。夫は、なんでも話してくれる人でしたので」

「とすると、鶴岡は牧村から謝礼を貰って、デマを流しただけなのかもしれないな。船荷に拳銃やコカインを紛《まぎ》れ込ませたのは、牧村でしょう」

「税関の職員か船員を抱き込んだのかしら？」

「そのどっちかだろうね。どんな人間にも弱みの一つや二つはあるから、抱き込むのはそれほど難しいことじゃないはずだ。とにかく、牧村の周辺から調べてみます」

「くどいようですけど、充分に気をつけてくださいね」

小夜子が心配顔で言った。

「そうしましょう。それはそうと、自宅にひとりでいるのが怕《こわ》いんだったら、二、三日、誰か親しい人に泊まってもらったほうがいいな。誰か適当な人は？」

「あとで、ＯＬ時代の友人に電話をしてみます。非常識な時間にお訪ねしちゃって、ごめんなさい」

「こっちは、いっこうに構いません。昨夜《ゆうべ》は一睡もしてないんでしょう？」

「ええ」

「よかったら、ベッドを提供しますよ」

「………」

「あっ、誤解しないでください。妙な下心があるわけじゃないんだ」

「わかってます。ご親切、ありがとうございます。でも、家の電灯を点けっ放しにしてきたんで、そろそろ失礼します」

小夜子は立ち上がった。

不破は強くは引き留《と》めなかった。親切心を曲解《きょっかい》されたくなかったからだ。

小夜子が玄関ホールに向かった。

不破は小夜子を見送ると、寝室に直行した。ひと眠りしたら、調査に取りかかるつもりだ。

第二章　乗っ取りの罠

1

怒声が聞こえた。

車を降りたときだった。

不破は、視線を斜め前にあるビルに向けた。『インテリア牧村』である。五階建ての洒落《しゃれ》た建物だった。

表玄関の前で、十数人の男が揉《も》み合っている。

ドアは閉《と》ざされていた。玄関の照明の下には、三人の男が立ちはだかっている。揃《そろ》って荒《すさ》んだ感じだ。牧村組の組員だろう。

「社長に会わせてくれ」

「不当解雇だっ。こんなこと、絶対に赦《ゆる》せんぞ」

元社員らしい男たちが口々に言い募《つの》り、玄関に突入しようとしている。

そのたびに、人相の悪い三人が気色《けしき》ばむ。ひとりは拳《こぶし》を固め、蹴りを放つ恰好《かっこう》を見せた。

縺《もつ》れ合っている男たちはいったん後方に退《さ》がったが、すぐにまた出入口に殺到した。

牧村が一方的に社員を馘首《クビ》にしたらしい。

不破はクラウンに凭《もた》れて、煙草に火を点《つ》けた。

あたりは暗かった。時刻は六時過ぎだった。つい寝過ごしてしまい、千駄ケ谷のマンションから車を飛ばしてきたのである。

店には当分出られないことを電話で律子に伝えてあった。律子は、その理由を知りたがった。

不破は持病の胆石の疝痛《せんつう》がひどいと偽っておいた。肝臓も胆嚢《たんのう》も悪くはない。しかし、いつも頭痛や胃痛を口実にするわけにはいかなかった。

もっとも航と同じように、律子も不破が何か副業を持っていると半《なか》ば疑っている様子だった。彼女なら、不破の裏稼業を面白がるかもしれない。

律子の報告によると、昨夜、壊された二枚の防音ドアはすでに取り換えられ、ボックスの壁の修理も終わっているらしい。

無駄な出費を強《し》いられたことは腹立たしかったが、ケンを捜し出すのも面倒だった。

ふたたび、怒号が交錯《こうさく》した。

不破は喫《す》いさしの煙草の火を踏み消し、『インテリア牧村』の玄関に目をやった。

出入口を固めている三人の男のひとりが、木刀を振り回していた。社長に面会を求めている十人ほどの男は、路上の中ほどまで後退していた。何人かは身を竦《すく》ませている。

不破は大股で歩き、三人の前に進み出た。

すると、木刀を持った三十歳前後の剃髪頭《スキンヘッド》の男が険《けわ》しい顔つきになった。

「なんだよ、てめえは！」

「牧村はいるのか？」

「てめえ、社長を呼び捨てにしやがって」

「さんづけしてやるほどの男じゃないだろうが、牧村は」

不破は薄く笑った。

「だ、誰なんだよ、てめえは」

「吼《ほ》えるな、海坊主！」

「なんだとっ」

頭を剃《そ》り上げた男が逆上《ぎやくじよう》し、木刀を振り被《かぶ》った。隙《すき》だらけだった。

不破は、男の股間《こかん》を蹴り上げた。的《まと》は外さなかった。

男が呻《うめ》いて、身を屈《かが》めた。両側にいる男たちが、ほぼ同時に腰のあたりに手をやった。

匕首《ドス》を出す気らしい。

不破は剃髪頭の男の手から木刀を奪い、数歩退がった。

右側の男が刃物を抜き放った。不破は素早く木刀を中断から振り下ろした。匕首《あいくち》を持った男が左の肩を押さえ、大きく体を傾けた。

「この野郎！」

剃髪頭《スキンヘッド》の男が高く叫び、頭を下げた。頭突きの姿勢だ。躱《かわ》す余裕はない。

不破は腹筋に力を込め、木刀を斜めに薙《な》いだ。

左横にいた男の胴が彎曲《わんきょく》した。口髭《くちひげ》をたくわえた男は体を捩《ねじ》った恰好で、壁に激突した。不破は正面の男を押し返した。

男は腰を屈めた姿勢で、後ろのガラスにぶち当たった。

強化ガラスは割れなかったが、幾条《いくすじ》かの亀裂が走った。剃髪頭の男は両脚を投げ出し、タイルの上に坐り込んでいた。

不破は、男の喉仏を切っ先で押し潰《つぶ》した。

男が喉を軋《きし》ませ、目を剝《む》いた。仲間の二人は立ち上がったものの、挑《いど》みかかってこない。

「牧村はどこにいるんだっ」

不破は声を張った。

剃髪頭の男が唸《うな》るように答えた。

「ここにゃ、いねえよ。ここには、おれたち三人しきゃいねえんだ」

「牧村は新宿の『豊栄リース』のオフィスか、組事務所にいるんだな?」

「そうか、思い出したぜ。あんた、新宿署にいた刑事じゃねえか」

「やっと思い出したか。おれは、おまえの面《つら》まで憶《おぼ》えちゃいなかったがな」

「けっ、おれをチンピラ扱いしやがって」

「おまえら、奥に引っ込め」

「何しに来たんだよ?」

「頭をかち割られたいらしいな」

不破は言うなり、剃髪頭の男の鳩尾《みぞおち》に木刀の切っ先をめり込ませた。

男が長く呻いて、乱杭歯《らんぐいば》を剥《む》き出しにした。

「もうやめてくれ」

口髭を生やした男が不破に言って、木刀の刀身を摑んだ。目が怯《おび》えていた。

「救急車に乗りたくなかったら、早く三人とも奥に戻るんだな」

「わかったよ。だから、そいつを引っ込めてくれ」

「いいだろう」

不破は木刀を引っ込めた。

髪を剃り上げた男は二人の仲間に支えられて、ゆっくりと立ち上がった。もはや戦意は萎《な》えてしまったようだ。不破と目を合わせようともしない。

三人がビルの中に消えた。すぐに自動シャッターが下《お》ろされた。不破は、奪い取った木刀をシャッターに凭《もた》せかけた。

そのとき、群がっている男たちの中から非難の声があがった。

「おたく、余計なことをしてくれたな」

「確かに余計なことをしたのかもしれません。しかし、奴らを刺激していたら、おそらく流血騒ぎになっていたでしょう」

不破は言い返した。

すると、声をあげた男が仲間を掻《か》き分けて前に進み出てきた。四十歳前後の男だった。痩せこけ、頬骨が高い。

「おたく、刑事さん？」

「いや、いまは違います。弁護士に雇われてる調査員です」

不破は、もっともらしく言った。とっさに思いついた嘘だった。

「何を調べてるんです？」

「牧村が『片桐エンタープライズ』を乗っ取ったあたりのことをちょっとね」

「片桐社長の奥さんか誰かが、牧村を告訴するつもりなんですね？　そうなんでしょ？」

男が言った。表情は和《なご》んでいた。

不破は話を合わせることにした。

「告訴できる材料があるかどうか、調査してみないとわかりませんね」

「なんだったら、わたしが証人になってもいいですよ。他の連中だって、きっと協力してくれるにちがいありません」

男がそう言い、振り返った。同僚たちが一斉にうなずく。

「失礼だが、あなたは?」

「土屋《つちや》です。『片桐エンタープライズ』では営業の仕事をしてました。後ろにいる連中は、みんな、同僚です」

「そうですか。牧村が非合法なやり方で、片桐さんの法人資産を奪い取ったという証拠でもあるんですか?」

「あります。牧村は片桐社長を威《おど》して、借用証の金利の利率を何度も書き換えさせてたんですよ。最後は年利八十六パーセントでした」

「どんな威し方をしてたんです?」

不破は畳みかけた。

「牧村の口調は穏《おだ》やかでしたが、明らかに恫喝《どうかつ》でした。金利分の支払いがたったの三十分遅れただけで、法外な違約金を要求したり、利率のアップを迫ったりね」

「片桐さんは、牧村の言いなりになってたんですか？」

「もちろん、最初は強く抗議してましたよ。そうすると、牧村は秘書と称する子分に目配せして、匕首《あいくち》でそいつの爪《つめ》を削《そ》がせたりしたんです。竦《すく》み上がった社長は結局……」

「牧村に逆《さか》らえなかったわけですね」

「そうです。だから、金利があっという間に膨れ上がって、会社を乗っ取られてしまった。牧村は極悪人《ごくあくにん》ですよ。あの男は片桐社長を相談役に残すからって、われわれ従業員を引き留めたんです」

「しかし、前社長を役員にしなかったんですね？」

「そうです。その上、新会社に残った従業員の約半分をきのうの夕方、なんの通告もなく一方的に解雇したんですよっ」

土屋は興奮しきった声で言った。

「そりゃ、ひどい話だな」

「われわれだって、牧村のような男が経営してる会社に勤めたくはありませんよ。しかし、この不況ですから、中高年の働き口はそうそう見つからないんです。それで、仕方なく働いてたわけです」

「なぜ、牧村は人員の削減《さくげん》をする気になったんでしょうか？」

不破は訊《き》いた。

「もっと売上が見込めると思ってたんでしょう。しかし、高級家具の需要は盛り返す兆《きざ》しがないし、陶磁器もそれほど売れてないんですよ。それだから、人件費を切り詰める気になったんでしょう」

「なるほど。それにしても、一方的なやり方だな。あなた方が腹を立てるのは、当然です」

「そうでしょう？　しかも、先月分の給料も未払いなんです。むろん、退職金も払う気はないんでしょう」

「おそらく牧村はあなた方と話し合う気はないでしょうから、公的な調停機関に相談に行かれたほうがいいんじゃないかな」

「考えてみます」

土屋が沈んだ声で答えた。

「この中に、平松光太郎さんって方は？」

「平松さんは数カ月前に警備会社に移って、いまは新橋駅前のＩＫビルの夜警をしてます。この時間なら、もうビルに詰めてるかもしれません。平松さんに何か？」

「片桐洋介さんの死体を平松さんが最初に発見したって話を聞いたんで、そのときのことをうかがおうと思ってるんです」

「ひょっとしたら、おたくも社長の猟銃自殺に疑いを……」

「というと、あなたは自殺に見せかけた他殺かもしれないと考えてるんですね？」

不破は確かめた。

「ええ。わたしは、牧村が片桐社長を殺《や》ったんじゃないかと考えてます。前の晩、二人は口論してたんですよ」

「しかし、片桐夫人の話だと、自分のレミントンを使ったと言ってたがな」

「牧村は、やくざなんです。その気になれば、散弾銃ぐらい社長のお宅から盗み出せるんじゃありませんか」

「猟銃が盗まれたら、いくらなんでも片桐さん本人か奥さんが気づくでしょう？」

「同型の猟銃を保管ケースに入れといて、犯行直前にそれを運び出せば……」

「牧村がそんな手の込んだことを考えるとは思えないがな」

「わかりませんよ。あの男は、悪いほうには頭がいくらでも回る奴ですからね。それに、ちょっと腑《ふ》に落ちないことがあるんです」

土屋が、いくぶん声を潜めた。

「どんなことです？」

「社長は死んだ日の翌日、かつての従業員の慰労会を開いてくれることになってたんですよ。現に料理屋に予約をしてましたし、二次会の会場まで手配してたようです」

「従業員に申し訳ないという気持ちが強まって、片桐さんは宴会場に顔を出すのが辛《つら》くなったんじゃないんだろうか」

「そうだとしたら、きっと予約のキャンセルをしたはずです。あの社長は律儀《りちぎ》な人でしたからね」

「しかし、ノイローゼ気味だったんでしょ？」

「ええ。ちょっと塞《ふさ》ぎ込んでたことは確かです。だけど、無責任な死に方はしないと思います。まだ若かったから、いくらでも再起できたでしょうしね」

「とにかく、平松さんに会ってみます」

不破は自分の車に足を向けた。

赤坂五丁目から新橋まで、ほんのひとっ走りだった。目的のＩＫビルは、新橋四丁目にあった。高層のオフィスビルだった。

不破は車をビルの近くに駐《と》め、エントランスロビーに入った。

受付には、青い制服を着た初老の男が腰かけていた。いくらか警戒気味の眼差《まなざ》しを向けてきた。

無理もない。不破はチャコールグレイの長袖シャツの上に、白い麻の上着を羽織《はお》っていた。下は、キャメルのチノクロスパンツだ。

不破は会釈《えしゃく》して、受付に歩み寄った。

「こちらで平松さんが警備の仕事をされてるとうかがったんですが……」

「平松なら、巡回中です。多分、いまは十階あたりの化粧室を見回ってるころでしょう。あなたは？」

「平松さんの知り合いです。通らせてもらってもいいですか」

「本当は本人に連絡しなければならないんだが、まあ、いいでしょう」

男が少しもったいぶった口調で言った。

不破は礼を言って、エレベーターに乗り込んだ。

十階で降りてみたが、化粧室の近くに警備員の姿はなかった。残業中のサラリーマンとOLしか見当たらない。

不破は階段を使って、上の階に向かった。
五十四、五歳の小太りの男が十二階の廊下を歩いていた。青い制服姿だ。帽子も同じ色だった。
「失礼ですが、平松さんではありませんか？」

不破は男の背に呼びかけた。男が立ち止まって、怪訝《けげん》そうな表情を向けてきた。

「なぜ、あんたがわたしの名を知ってるんです？」

「あなたのことは、片桐夫人からうかがったんですよ」

不破は平松に歩み寄り、手短に小夜子との関係を話した。さっきと同じく、弁護士事務所の雇われ調査員になりすました。

「何が知りたいんです？」

平松が腫《は》れぼったい瞼《まぶた》を押し開いた。

「片桐洋介さんの死体を発見したときのことを教えてもらいたいんです」

「それなら、赤坂署で訊いてほしいな。あんまり思い出したくないんだ。なにしろ、無残な死に方だったからね」

「警察は協力的じゃないんですよ。それで、平松さんにお会いする気になったわけです。あなたにご迷惑はかけません」

「仕事中だから、手短にお願いしたいな」

「わかりました。片桐さんは、どんな恰好で死んでたんです？」

「倉庫の奥の革ソファに腰かけて、両手で散弾銃の銃身を摑んでました。銃床は床に据《す》えられ、右足の親指が引き金に引っかかってましたよ。左足はソックスを履《は》いたままでした」

不破は訊いた。

「銃口は、どのあたりにありました？」

「気が動転してたんで、正確なことはちょっとね。多分、胸のあたりにあったんでしょう。首は大きくのけ反って、頭の後ろ半分は吹っ飛んでましたよ。血しぶきが壁一面に飛んでました」

「遺書はどこに？」

「後で警察の人が、上着のポケットの中に入ってたと教えてくれました」

「現場に人が争ったような痕跡は？」

「それはなかったね。ただ、革ソファの肘掛《ひじか》けのとこに糸屑《いとくず》が一本落ちてました。後で、刑事さんが布製の粘着テープのだって言ってましたがね」

「荷造りに布テープを使ってました？」

「布のやつは使ってなかったな。紙製の粘着テープを使ってたんですよ」

平松が言って、左手首の時計に目を落とした。

「そいつは妙ですね。片桐さんの両手に縛《しば》られたような痕《あと》は？」

「そこまで見る余裕はなかったね。這《は》うようにして倉庫を出て、一一〇番したんだから」

「倉庫の錠は、どうだったんでしょう？」

「錠は外れてましたよ。社長が自分で開けたんじゃないかな」

「片桐さんが死んだのは、牧村に会社を乗っ取られてからでしょう？」

不破は確かめた。

「そうですよ」

「だとしたら、片桐さんは会社のキーをすべて牧村に渡してたと思うんだがな」

「多分、片桐社長は牧村には渡さなかったスペアキーで真夜中に会社に入ったんでしょう。社長は表玄関のスペアキーも作ってたんじゃないかな」

「片桐さんは、ふだん車を使ってたんでしょ？」

「ええ、ベンツのEクラスに乗ってましたよ。でも、死んだ晩はタクシーか何かで会社まで来たようだね」

「タクシーにしろ、電車にしろ、散弾銃を抱えてたら、ひどく目立つな。そんなことをするだろうか」

「言われてみると、会社のガレージに社長の車がなかったのは確かに妙だね」

平松が考えるような顔つきになった。

「同僚だった土屋さんは片桐さんが自殺したことが納得できないような口ぶりでしたが、あなたはどう思われます？」

「わたしも、どうもすっきりしないね。ひょっとしたら、牧村あたりが……」

「土屋さんも、そんなようなことを言ってたな」

「牧村の奴、社長に恐喝罪で訴えられることを恐れてたんじゃないですか。だいぶ悪どいことをやって、会社から片桐社長を追い出したみたいだからね」

「お忙しいのに、申し訳ありませんでした。大変、参考になりました」

不破は謝意を表し、エレベーターホールに向かった。

牧村が片桐洋介を自殺に見せかけて殺したのだろうか。死体のそばにあったという布製粘着テープの糸屑は、いったい何を意味するのか。そして、片桐が車で死に場所に向かわなかったことが妙に胸に引っかかる。

牧村が片桐を葬《ほうむ》ったのだとしたら、断じて赦《ゆる》せない。法が無力なら、この手で裁《さば》いてやる。

不破は歩きながら、そう考えていた。

2

生欠伸《なまあくび》を嚙《か》み殺す。

退屈だった。張り込んで、かれこれ二時間半が経《た》つ。

不破は柏木《かしわぎ》公園の脇に車を駐《と》めていた。

西新宿七丁目だ。十数メートル後方の角に、『豊栄リース』の入った雑居ビルが建っている。牧村のオフィスは二階だった。

窓は電灯で明るい。

社長の牧村がオフィスにいることは確認済みだった。不破は牧村の兄弟分の名を騙《かた》って歌舞伎町二丁目にある牧村組の事務所に電話をかけ、組長のいる場所を探《さぐ》り出したのだ。

もう少し待っても牧村が現われなかったら、野方《のがた》にある自宅の近くで待ち伏せるつもりだった。

不破は刑事時代、牧村の家を数えきれないほど張り込んだ。いまでも、そのときのことは鮮明に記憶している。

刑事時代の無念を今度こそ……。

不破はミラーを覗《のぞ》きながら、両切りピースに火を点けた。

ふた口ほど深く喫《す》いつけたとき、『豊栄リース』の明かりに消えた。間もなく牧村が出てくるだろう。緊張が全身に漲《みなぎ》った。

不破は煙草を灰皿に突っ込み、車を七メートルほどバックさせた。

ミラーの角度を変える。ビルの出入口がくっきりと見えるようになった。

地下駐車場の出入口は、玄関のすぐ横にある。牧村の姿を見落とす心配はないだろう。

不破は深呼吸した。逸《はや》る気持ちが鎮《しず》まった。

数分後、地下駐車場から黒塗りのベントレーが走り出てきた。不破は車内を見た。

牧村は後部座席にいた。

一見、商社の部長ふうだ。恰幅《かっぷく》がよく、知的な雰囲気も漂わせている。髪型も平凡なオールバックで、とても筋者《すじもの》には見えなかった。

ただ、目の配り方は明らかに堅気のものではない。やくざ特有の凄みがあった。

牧村のかたわらには、若い大男が坐っていた。

馴染《なじ》みのない顔だった。プロレスラー崩れかもしれない。

ドライバーは昔から牧村に仕《つか》えている男だった。助手席には、人斬り寛治《かんじ》の異名をとる組員の姿があった。

その男は、いつも釣竿《つりざお》ケースに入れた日本刀を持ち歩いていた。髪は角切りで、凶暴な顔つきをしている。

護衛が三人もいるなら、少し慎重に動いたほうがよさそうだ。

不破は自分に言い聞かせた。

ベントレーは青梅《おうめ》街道に向かった。不破は急いで車をバックさせ、車首を変えた。

牧村の乗った車は新宿通りに入り、四谷方面に走っている。

野方とは逆方向だ。四谷か赤坂あたりで、誰かと会うことになっているのか。

不破は用心深く一定の距離を保《たも》ちながら、ベントレーを追尾《ついび》しつづけた。

四谷を通過したのは、ちょうど十時だった。

ベントレーは赤坂見附を抜け、銀座方向に進んだ。車が停まったのは、並木通りの飲食店ビルの前だった。八丁目の外れだ。

牧村は大男を従えて、ビルの中に吸い込まれていった。

ベントレーは、じきに走り去った。牧村に呼ばれるまで、どこかで待機する気なのだろう。

不破は、牧村の入っていった飲食店ビルの近くの路上に車を駐めた。

さりげなく外に出て、飲食店ビルまで歩く。入居店の軒灯《けんとう》を見上げた。

その瞬間、不破は声をあげそうになった。

七階に『シャレード』の文字が見えたからだ。片桐洋介の前夫人だった神谷里香の店にちがいない。

不破は、奥のエレベーターホールを見た。

ちょうど牧村たちがエレベーターに乗り込んだところだった。不破はエレベーターの前まで走った。函《ケージ》は三基あった。

牧村と大男が乗ったのは、手前のエレベーターだった。

階数表示ランプは七階で停止した。ただの偶然ではなさそうだ。牧村と里香は、知り合い同士と考えられる。

里香は片桐洋介に裏切られた恨《うら》みから、夫の会社を潰《つぶ》す気になったのか。それとも、牧村に利用されただけなのだろうか。あるいは、二人は以前から親密な間柄だったのか。

不破は、牧村と里香の関係を調べてみる気になった。

しかし、いま店に入るわけにはいかない。自分の車に戻って、時間を遣《や》り過ごす。

飲食店ビルの前に黒のベントレーが横づけされたのは、小《こ》一時間後だった。

牧村を迎えにきたのだろう。思った通り、すぐに巨漢の男がビルから現われた。男はベントレーの後部ドアを開け、あたりに警戒の目を走らせた。

牧村が出てきた。

和服姿の妖艶《ようえん》な女と肩を並べていた。女は二十八、九歳に見えた。ママの里香か。それとも、馴染みのホステスなのか。

牧村が女の肩を軽く叩き、後部座席に乗り込んだ。

大柄な男が恭《うやうや》しくドアを閉《し》め、反対側に回り込んだ。人斬り寛治が運転席の男に何か言った。

ベントレーが静かに走りはじめた。着物の女が深々と頭を下げ、ビルの中に戻っていった。

不破はベントレーを追わなかった。

一服してから、車を降りる。不破は飲食店ビルに入り、エレベーターで七階まで上がった。

『シャレード』は、ホールの近くにあった。

黒い逆U字型の扉には、金色のモールがあしらわれていた。

店構えは高級クラブ風だった。

不破は店に足を踏み入れた。どこからか、黒服の若い男が現われた。足音は、まるで聞こえなかった。絨緞《じゆうたん》は分厚そうだった。

男が不破の風体《ふうてい》を見て、困惑顔になった。口を開こうとしない。

「この店は会員制かい？」

「いいえ」

「心配するな。金はちゃんと払うよ」

不破は低い声で言って、上着の内ポケットのあたりを手で軽く押さえた。

「いいえ、別にそういうことじゃなく……」

「満席じゃないんだろ？」

「はい、ご案内いたします」

黒服の男が先に歩きだした。

不破は後に従った。店内は割に広かった。

雰囲気も悪くない。インテリアは渋く、七組のソファセットもゆったりとしている。

客は二組だけだった。

どちらも初老の客だ。八人のホステスがふた手に分かれて、客をもてなしている。さきほど見かけた和服の女はカウンターの端で、誰かと電話中だった。

着物は綸子《りんず》だろう。淡い若草色の地に、黒と黄土色の柄が散っている。帯は濃紺で、光沢があった。襟足《えりあし》が美しい。白い項《うなじ》には、男の欲望をそそるような色香がにじんでいる。

不破は、中ほどの席に導かれた。

先客の二組は両端にいた。ちょうど彼らに挟《はさ》まれる形になった。

不破は、黒服の男にビールを頼んだ。

まだ車を運転しなければならない。強い酒は控えたのだ。

飲みものが届けられ、真紅のドレスをまとったホステスが席についた。絵美《えみ》という源氏名《げんじな》だった。

まだ若い。二十二、三歳だろう。

不自然なほど目鼻立ちが整っている。おおかた美容整形手術を重ねてきたのだろう。

ドレスの胸元から、乳房の裾野が零《こぼ》れている。

ほっそりとした肢体とは、アンバランスな胸だった。顔をいじってもらったとき、ついでにシリコンを注入してもらったらしい。

不破は、絵美にブランデーソーダを振る舞った。絵美は売上を考えてか、ヘネシー

VSOPを指定した。

「ここは客筋がいいようだね?」

「ええ。一流企業の重役さんとか成長企業の社長クラスの方たちがよく来てくださるの」

「ふうん。おれみたいな客は珍しいんだろ?」

「ノーネクタイの方は初めてね。でも、お客さんだって、リッチなんでしょ?」

「いや、貧乏人さ。ポケットの中にゃ、五百円しか入ってないんだ」

「面白い方ね。このお店のことは、どなたからお聞きになったの?」

絵美がブランデーソーダをひと口含《ふく》んでから、そう問いかけてきた。

不破は誘い水を撒《ま》く気になった。

「牧村さんだよ」

「ああ、『豊栄リース』の社長さんね。牧村社長なら、よくお見えになるわ」

「あの社長、美人ママがお目当てなんだろう?」

不破は和服の女に視線を向けた。

女は、まだ携帯電話を握っていた。

「さあ、どうなんでしょう? わたし、男女のことには疎《うと》いの。まだ処女ですもの」

「よく言うな。男をたくさん泣かせてきたくせに」

「泣いてきたのは、こちらです」

絵美が笑いながら、そう言った。

そのとき、和服の女が携帯電話をカウンターに置いた。振り向き、不破に会釈《えしゃく》する。

不破も目礼した。

「ママよ」

「いらっしゃいませ」

女が愛想よく言って、不破の席に近づいてきた。科《しな》が板についていた。

絵美が横に移動した。

和服の女がほほえみ、名刺を差し出した。やはり、里香だった。

里香が不破の前に腰かけ、黒服の男にビアグラスを持ってこさせた。不破は、すぐにビールを注《つ》いでやった。

「ママ、こちら、牧村社長のお知り合いみたいよ」

絵美が言った。すぐに里香が口を開いた。

「牧村さん、ついさっき、お帰りになったんですのよ。もう少し早くお見えになれば、お会いできたのに。残念ですね」

「いや、会わなくてよかったよ」

「あら、なぜですの？」

「ちょっと不義理つづきなんだ」

不破は言って、ショートピースをくわえた。

すかさず里香がライターを鳴らした。赤漆《あかうるし》塗りのデュポンだった。指には、大振りのエメラルドが光っている。

不破は改めて里香の顔を見た。

典型的な瓜実顔《うりざね》だった。目は、きっとしている。それでいて、きつい印象は与えない。笑うと、目尻が下がるせいか。

「いやですわ、そんなにまじまじとお見つめになって」

里香が、くすぐったそうに身を捩《よじ》った。

「失礼！　昔、テレビのＣＦであなたを見たような気がしたんでね」

「あら、嬉しい！　わたし、若いころ、コマーシャルに出てたんですよ。二流どころの化粧品会社と衣料スーパーのＣＦでしたけどね」

「やっぱり、そうだったか。両方とも、よく憶《おぼ》えてますよ」

「わーっ、感激だわ。ぜひ、お客さまのお名刺をいただかなくっちゃ」

「あいにく名刺を切らしちゃってるんだ。田中《たなか》です」

不破は、ありふれた姓を騙《かた》った。

「田中さんね？　しっかり憶えておくわ」

「名前は忘れてもいいが、学割でお願いしたいな」

「ええ、結構よ。わたしの輝いてた時代を憶えててくださったんですもの、そのくらいのサービスはいくらでもいたします」

「しかし、おれがここに通いつづけたら、牧村さんに叱られそうだな」

「あら、どうして？」

里香が真顔《まがお》で訊いた。

「空とぼけちゃって。牧村さんとママは、いい仲なんだろ？」

「いやねえ。牧村さんとわたしは、そんな腥《なまぐさ》い関係じゃありませんよ。誰が、そんないい加減なことを言ったんです？」

「鶴岡公盛んとこの若い奴がそう言ってたんだ。鶴岡、知ってるよね？」

不破は探《さぐ》りを入れた。

「鶴岡さんなら、存じ上げてます。牧村さんが二、三度、ここに連れて来られたから。でも、親しくはないんです。なんで、そんな出たらめを言ったのかしら？」

「そのへんのことはわからないな」

「迷惑だわ」

里香が顔をしかめ、ビールを傾けた。

牧村と鶴岡が繋《つな》がっていることは、ほぼ間違いなさそうだ。

不破は、短くなった煙草の火を揉《も》み消した。

絵美が不破の仕事のことを問いかけてきた。不破は経済ジャーナリストを装った。

絵美も里香も別に怪しまなかった。

不破はビールを追加注文し、二人を相手に雑談を交わしはじめた。

どちらも、さほど話題は多くなかった。自然に際《きわ》どい話になった。

絵美は俄然《がぜん》、舌が滑《なめ》らかになった。里香は相槌《あいづち》を打つ程度で、もっぱら聞き役に回っていた。

四十分が流れたころ、先客の一組が腰を上げた。三人連れだった。

「ちょっと失礼しますね」

里香が断って、帰る客の見送りに立った。

不破は、絵美に低く訊いた。

「牧村さん、ママの彼氏なんだろ？　次に来るときはきみを必ず指名するから、教えてくれよ」

「よくわからないけど、ママと牧村社長はなんでもないと思うわ。だって、ママには彼氏がいるもの」

「へえ。どんな奴なんだい？」

「顔は見たことないの。ママの彼氏、一度もここには来たことないのよ。時々、電話がかかってくるだけ。さっきの電話、その彼からかもしれないわ。ママ、なんとなく浮き浮きしてるから」

絵美がセーラムを真紅の唇にくわえた。

無駄になるかもしれないが、里香の男関係を洗ってみることにした。

不破はビールを呷《あお》った。

そのとき、里香が戻ってきた。新たに二人のホステスが加わり、座がにわかに華《はな》やいだ。

不破は閉店時間の十一時四十分まで陽気に飲みつづけた。年配の先客とともに、ホステスたちに送られて店を出た。

不破はいったん土橋《どばし》のタクシー乗り場まで歩き、自分の車に駆け戻った。

運転席に入って間《ま》もなく、飲食店ビルから『シャレード』のホステスが次々に出てきた。絵美も混じっていた。彼女たちの大半は、まっすぐ地下鉄駅に向かった。

里香が姿を見せたのは、それから十数分後だった。

すぐに彼女は、ビルの前で迎車ランプを灯《とも》したタクシーに乗り込んだ。運転手とは顔見知りのようだった。二人は短い会話を交わした。

里香を乗せたタクシーが走りだした。

不破は尾行を開始した。タクシーはＪＲ新橋駅の近くで外堀《そとぼり》通りに入り、虎ノ門から桜田通りを進んだ。

ちょうど深夜のラッシュアワーで、車の数は夥《おびただ》しかった。苛々《いらいら》させられたが、かえって尾行には好都合だ。

やがて、タクシーは外苑東《がいえんひがし》通りに入った。

それから数分で、車は停まった。麻布台にあるレストランバーの前だった。

里香が慌《あわ》ただしく車を降り、ライトアップされた店に駆け込んでいった。

不破は、この店に一度だけ入ったことがあった。

照明は割に明るかった。店の中に入ったら、里香に気づかれそうだ。

不破はクラウンを店の駐車場に入れた。ヘッドライトを消し、エンジンを切る。

だが、車の外には出なかった。都合のいいことに、駐車係はいなかった。

不破はヘッドレストに後頭部を預けた。

午前零時半を過ぎていた。里香の店でオードブルを抓《つま》んだきりで、まともな食事はしていない。少々、腹が空《す》いていた。不破は急にステーキが食べたくなった。

しかし、店内に入るわけにはいかない。空腹感を堪《こら》えながら、ひたすら待った。

里香が三十四、五歳の男と店から出てきたのは、およそ一時間後だった。

男は背が高く、マスクもよかった。里香は男の腕を取り、こころもち頭を連れの肩に凭せかけていた。睦《むつ》まじげだった。

二人が不破の車の前を通り過ぎていった。

不破は、とっさに顔を伏せた。

里香が自分に気づいた様子はない。不破は、ひとまず安堵した。

二人は黒いジャガーXJエグゼクティブに乗り込んだ。運転席に坐ったのは、男のほうだった。彼の車らしい。

不破はナンバーを読みとろうとした。だが、暗くて読めなかった。

ジャガーが走りだした。

不破は少し間《ま》を取ってから、里香たちの車を追った。ジャガーは一《いち》の橋《はし》IC方面に向かい、ほどなく明治通りに入った。どちらかの自宅に向かっているらしかった。

ジャガーが吸い込まれたのは、天現寺《てんげんじ》にある豪華なマンションの地下駐車場だった。

車が潜《もぐ》り込むと、出入口は自動シャッターですぐに閉《と》ざされた。

ナンバープレートの数字は二字しか読み取れなかった。それだけでは、車の所有者を割り出すことは困難だ。

不破は車をマンションの表玄関の前に停めた。

人影はなかった。車も通りかからない。

不破は車を降り、玄関口まで走った。

オートロック・システムだった。勝手には入れない。集合郵便受けを見ると、九〇一号室のプレートに神谷と記《しる》してあった。

このマンションに住んでいるのは里香らしい。

連れの男は何者なのか。ここまで粘《ねば》ったわけだから、何がなんでも相手の正体を突きとめたい。

不破は手帳にマンション名と里香の部屋番号を書き留め、車の中に戻った。

どうせ二人は、これからベッドで情事に耽《ふけ》るつもりなのだろう。男の車がすぐに出てくるはずはない。

不破は車をマンションの隣の邸《やしき》まで後退させた。

シートをいっぱいに倒し、仰《あお》向《む》けになった。目をつぶると、瞼の裏に脈絡もなく片桐小夜子の顔が浮かんだ。それは陽炎《かげろう》のようにひとしきり揺れ、ゆっくりと消えていった。

まさか依頼人に惚《ほ》れてしまったのではないだろう。あまりに若い未亡人なので、少し同情してるだけだ。

不破は自問自答し、体を横向きにした。

そのままの姿勢でいると、次第に睡魔に襲われた。いつしか不破は寝入っていた。

眠りを解《と》かれたのは、明け方だった。シャッターの音で、目を覚《さ》ましたのだ。

不破は目を擦《こす》って、上体を起こした。マンションの地下駐車場から滑り出てきたのは、見覚えのある黒いジャガーだった。

不破は運転者を確かめた。

昨夜の男だった。不破は背凭れを起こし、ステアリングに手を掛けた。

ジャガーがマンションから遠のいた。

不破は車を発進させた。すぐにジャガーが視界に入った。男の車は明治通りを西へ走っている。駒沢通りをたどり、目黒区の東《ひがし》が丘《おか》まで進んだ。

ジャガーは住宅街を五、六百メートル走り、洋風の邸宅の中に入っていった。

不破は徐行運転で、時間を稼いだ。

それでも、じきに男が消えた邸《やしき》に差しかかった。ジャガーはカーポートに納まっている。男の姿は見当たらなかった。

不破は門の前で車を停めた。

素早く表札を見た。石津智彦《いしづともひこ》と彫《ほ》られている。住所も出ていた。

不破は名前と所番地《ところばんち》を頭に刻みつけると、アクセルを深く踏み込んだ。

3

枕許《まくらもと》で携帯電話が鳴った。

不破は眠りを突き破られた。石津の自宅を確かめて帰宅するなり、ベッドに潜《もぐ》り込んだのである。

瞼が開かない。

不破は夜具を引っ被《かぶ》った。着信音は、なかなか鳴り熄《や》まなかった。だんだん眠気が殺《そ》がれていく。不破はナイトテーブルに腕を伸ばした。携帯電話を耳に当てると、律子の切迫《せっぱく》した声が響いてきた。

「竜次さん、あたしよ。すぐにお店に出てきて！」

「何があったんだ？」

不破は跳《は》ね起きた。

「ヤーさんが二人、ここに来てるのよ。牧村組の人だって」

「店で暴《あば》れてるのか？」

「ううん、別に。竜次さんに話があるから、ここに呼べって騒いでるの」

「わかった。すぐに行く」

「早く来てね」

律子が心細そうに言って、先に電話を切った。

不破は携帯電話をナイトテーブルの上に置くと、ベッドから離れた。

洗面をして、着替えをする。いくらも時間はかからなかった。大急ぎで部屋を出る。

まだ午後四時前だった。

エレベーターで地下駐車場に降り、クラウンに飛び乗った。

どうやら昨夜《ゆうべ》の尾行は、見抜かれていたらしい。不破は舌打ちして、イグニッションキーを捻《ひね》った。

店に着いたのは、およそ十五分後だった。

受付には誰もいなかった。不破は事務室に駆け込んだ。ほとんど同時に、息を呑んだ。

人斬り寛治が、日本刀の刀身を律子の股の間に潜《くぐ》らせていた。

デニム地のミニスカートの裾《すそ》が大きく捲《まく》れ、上向きの刃は律子の水色のパンティーに喰い込んでいる。律子は顔面蒼白だった。

二人は立ったまま、向き合っていた。

その近くに、航が正坐させられていた。鼻血で、顔半分が汚れている。上唇も腫《は》れ上がっていた。航の後ろには、レスラー並の大男が突っ立っていた。五分刈りだった。

「いったい、なんの真似《まね》だっ」

不破は、二人の組員を等分《とうぶん》に睨《ね》めつけた。

大男は薄ら笑いをしただけで、口を開かなかった。獅子鼻《ししばな》が脂《あぶら》で光っている。

「治療代を貰《もら》いにきたんでさあ」

人斬り寛治が言った。妙に穏《おだ》やかな声音《こわね》だった。四十歳前後である。

「治療代？」

「きのう、旦那は赤坂で、うちの若い者《もん》を痛めつけたでしょうが」

「仕掛けてきたのは、向こうだぜ。おれは自分の身を護《まも》っただけだ」

「そんな言い訳は通用しませんや。三人分で、二十万に負けときましょう」

「手錠《ワッパ》ぶち込まれたいのか」

「もう警察《サツ》の人間じゃねえんだから、そういう台詞《せりふ》は吐かねえほうがいいな」

「おれは通報するって言ってんだ。さっさと帰れ！」

不破は声を荒らげた。

人斬り寛治が歪《いびつ》な笑みを拡《ひろ》げ、柄を握った両腕をわずかに上げた。

律子が悲鳴を洩《も》らし、踵《かかと》を浮かせた。開かされた両脚は、蛙の下肢《かし》のような形になっていた。内腿《うちもも》の筋肉が震えている。

「なにすんのよ、変態！」

律子が声を張り、人斬り寛治の骨張った顔面に唾《つば》を飛ばした。唾が糸を曳《ひ》きはじめた。

「怒らねえよ、おれは」

人斬り寛治は蕩《とろ》けそうな顔をして、やや反《そ》りの強い刀身を軽く引いた。

律子が短く呻いた。少しすると、律子のパンティーに赤い染《し》みがにじんだ。

「もうやめろ！　金はくれてやる」

不破は見かねて、高く叫んだ。すると、律子が言った。

「お金なんか払うことないわ。女は、血なんか平気よ。毎月、つき合ってんだから、どうってことないわ」

「律ちゃん、もういいんだ」

不破はスチールデスクに歩み寄り、最上段の引き出しのロックを解《と》いた。

そこには、いつも百万円前後の現金を入れてあった。二十万円を抜き取って、机の上に置く。

「おい」

人斬り寛治が、巨体の男に声をかけた。

大男が机の方に歩いてくる。引き出しの底に、千枚通しとカッターナイフがあった。

不破は一瞬、どちらかを武器にすることを考えた。

しかし、すぐに思い留《とど》まった。大男の自由を奪ったら、人斬り寛治は律子のはざまの肉をさらに傷つけるだろう。二人の敵を同時にぶちのめすことは不可能だ。

不破は引き出しを勢いよく閉めた。

大男が立ち止まって、二十枚の一万円札をまとめて掬《すく》い上げた。バナナのような太い指で、紙幣を数えた。

「うちの従業員も怪我をさせられたんだ。治療費を払ってくれ。二十万でいい」

不破は大男に言った。

「てめえ、ふざけんじゃねえ！」

「冗談だ。用が済んだら、さっさと帰ってくれ」

「おかしな気を起こすなよ」

大男が凄んで、机から離れた。

人斬り寛治が日本刀を律子の股の下から引き抜き、すぐさま彼女の肩を摑んだ。大男が、鞘《さや》と釣竿ケースを床から拾い上げた。

「旦那、何を嗅ぎ回ってるんだ？」

「なんの話をしてるんだい？」

「旦那も尾行が下手になったって、うちの社長が笑ってたぜ。それから、片桐の件で身辺をうろつかれるのは迷惑だってさ」

「そんなに警戒してるとこを見ると、何か後ろ暗いことをやってそうだな。牧村に言っといてくれ。いつか昔の借りを返してやるってな」

「なんだい、昔の借りって？」

「牧村に訊くんだな」

不破は言って、人斬り寛治に近寄った。

大男が身構えた。肩の筋肉が盛り上がった。

「なんだよ、てめえ！」

「その娘《こ》を放してくれ。おかしな真似はしない」

「受付んとこで、自由にしてやらあ」

「約束を守らなかったら、こっちも黙っちゃいないぜ」

不破は大男を見据《みす》えた。

大男が無言で、事務室のドアを開けた。段平《だんびら》をぶら下げた人斬り寛治が律子の背を押し、先に出た。

「追ってくるんじゃねえぞ、おめえら」

大男が喚《わめ》いて、素早くドアの向こうに消えた。

不破はドアを押した。だが、動かない。大男が押さえているのだろう。不破は弾みをつけて、ドアに体当たりした。

ドアは呆気《あっけ》なく開いた。

大男は遠ざかりかけていた。不破はたたらを踏んで、体勢をたて直した。

そのとき、受付の方から律子が駆けてきた。

「おっかない思いをさせて、済まなかったな」

「ううん、いいの。それより、二十万巻き上げられちゃったね」

「律ちゃん、病院に行こう」

不破は言った。

「大げさよ、病院だなんて。もう血は止まってるから、へっちゃらだって」

「しかし……」

「本当に大丈夫だってば。あのおじさん、ちゃんと手加減してたわ。傷の深さは一ミリもないいんじゃないかな」

律子が、あっけらかんと言った。航がハンカチで血を拭《ぬぐ》いながら、事務室から出てきた。

「悪かったな、航！」

不破は詫びた。

「いや、いいんです。それにしても、あの大男のパンチは強烈だったな。一発で、これですからね」

「痛いとこを早く氷で冷やしたほうがいい」

「へっちゃらですよ。ぼくらのことより、社長、いや、不破さん、ちょっと無茶をやり過ぎだな。やくざを怒らせるようなことをしたら、長生きできませんよ」

航が分別臭い顔で言った。

「そうだな。少し慎《つつし》むよ。きみらには怖《こわ》い思いをさせちまったから、今月の給料に危険手当をつけといてやろう」

「危険手当？　そりゃ、いいや」

「あたしなんか、出血サービスまでしちゃったんだから、うーんと弾《はず》んでもらわなくちゃね」

律子が笑いながら、口を挟んだ。

「それじゃ、こっちも出血サービスしてやろう。五万ずつ危険手当を払ってやる」

「竜次さん、もうひと声！」

「わかった。七万ずつ払おう。それはそうと、律ちゃん、ほんとに病院に行かなくてもいいのか？」

不破は、まだ心配だった。

「場所が場所だから、行きにくいわよ。後で、自分で軟膏《なんこう》でも塗っとくわ」

「律ちゃん、ぼくが塗ってやるよ。自分じゃ、塗りにくいだろう？」

航が言った。冗談とも本気ともつかない口調だった。律子が肩を竦めた。

「真面目《まじめ》人間が、こういうことを言うんだもんねえ。驚いちゃう」

「ぼく、マジで言ってんだぜ」

「悪いけど、ノーサンキューよ。竜次さんになら、塗ってもらってもいいけど。ねえ、塗ってくれる?」

「甘ったれるな。そんな冗談を言えるぐらいなら、もう心配なさそうだ。二人とも持ち場に戻ってくれ」

不破は律子たちに言って、事務室に入った。

モニターのスイッチを入れ、客の入り具合を調べてみる。六分の入りだった。大学生らしい男女が圧倒的に多かった。

不破は回転椅子に腰かけ、懐から携帯電話を取り出した。

依頼人宅に電話をかける。すぐに当の片桐小夜子が電話口に出た。

「わたしです」

不破は言って、これまでの経過をかいつまんで話した。

「牧村義樹が里香さんのお店に出入りしてただなんて、驚きました。それから、鶴岡公盛と牧村が知り合いだったことも。きっと彼らは共謀して、片桐の会社を乗っ取ったのでしょうね」

「牧村と鶴岡が結託してることは、まず間違いないだろう。ただ、神谷里香が陰謀に加わったのかどうかは、まだ何とも言えないんだ」

「ええ、そうね」

「あなた、石津智彦って男を知らないかな?」

「石津さんなら、よく知っています。夫の友人なんです」

「ご主人の友達だったのか」

「はい。石津さんがどうかしたんですか?」

　小夜子が訊いた。

　不破は、昨夜のことを詳《くわ》しく喋った。話し終えると、小夜子が呻くように言った。

「あの石津さんが里香さんとそんな関係だったなんて、とても信じられません。石津さんは夫が亡くなるまで、親身になって相談に乗ってくれていたんです」

「どういう男なんです、石津は?」

「夫の大学の先輩です。といっても、在学中はまるっきり接触はなかったらしいんですけどね。二人は江の島のヨットハーバーで七、八年前に知り合って、それ以来、親しくしていたんです」

「二人ともヨットを?」

「ええ。出身大学も趣味も同じだったんで、何かと話が合ったようです。年齢は夫のほうが二つ下だったんですけど」

「石津は、どんな仕事をしてるんです?」

　不破は質問した。

「石津さんは旅行代理店、レストラン、サーフィンショップなんかを手広く経営しています。オフィスは、渋谷の桜丘町にあるはずです」

「会社の名前は？」

「『ユニバーサル・コーポレーション』です。渋谷のオフィスは本社で、営業所は別なの」

「会社の経営は、どうなんだろう？」

「サーフィンショップは赤字だと聞いたことがあります。でも、旅行代理店とレストランは順調なはずです。片桐が羨《うらや》ましがっていましたから」

「ご主人は運転資金に困ったとき、石津に相談しなかったんですか？」

「石津さんが窮状《きゆうじよう》を見かねて、融資してくださるとおっしゃってくれたんです。ですけど、夫は友達に迷惑をかけたくないって、断ってしまったんです」

小夜子がそう言って、少し沈黙した。亡夫のことを思い出し、胸を詰まらせたのかもしれない。

「石津は結婚してるんでしょ？」

「ええ。きれいな奥さんと四つになる息子さんがおひとりいます」

「神谷里香が牧村の乗っ取りに何らかの形で関《かか》わってるとしたら、彼女と愛人関係にある石津智彦もちょっと調べてみる必要がありそうだな」

不破は呟いた。

「石津さんは、とても誠実な方です。里香さんと親しいからといって、あの方が片桐を追い込むようなことをするわけありません」

「わたしの考え過ぎかもしれない」

「失礼ですが、きっとそうだと思います」

小夜子が決めつけるように言った。

その直後だった。キャッチフォンの信号音が混じった。

「電話がかかってきたようですね。これで切りましょう」

「いいんです。そのまま、お待ちください。片桐が誰かに殺されたかもしれないってお話をもう少し詳しくうかがいたいんです」

「わかりました。待ちましょう」

不破は上着のポケットから、煙草とライターを摑み出した。携帯電話は耳に当てたままだった。軽やかなメロディーが響いてきた。

紫煙をくゆらせはじめる。ショートピースが半分近く灰になっても、通話は中断したままだった。

どうしてしまったのだろうか。

不破は焦《じ》れながら、煙草の火を消した。

ほとんど同時に旋律が熄《や》み、小夜子の慌てた声が聞こえてきた。

「長くお待たせしてしまって、申し訳ありません。碑文谷の義父《ちち》の家のお手伝いさんからの電話だったんです。義父が散歩の途中で柄の悪い男に襲われて、怪我をしたらしいの」

「お義父《とう》さんまで襲われた⁉」

不破は、思わず大声を出していた。

「ええ。わたし、心配なので、これから夫の実家に行ってみます」

「わたしも、お義父さんの家にお邪魔させてもらってもいいだろうか」

「不破さんが、なぜですか？」

「思ってるほど事が単純じゃないような気がしてきたんです。卓造さんまで狙われたんだったら、片桐氏一族に何者かが憎しみを抱いてる可能性もある。そのあたりのことを卓造さんに会って、訊いてみたいんです」

「そうですか。それじゃ、義父の家に来ていただけます？　住所は碑文谷五丁目です」

小夜子が正確な所在地を告げた。

不破は、それをメモした。電話を切ろうとすると、小夜子が早口で言った。

「あなたにお願いしたこと、義父には内緒なの。話したら、反対されると思ったんです」

「ご主人の友人とでも言っておきましょう」

「ただの友達というだけでは、義父は訝《いぶか》しく思うでしょう。夫の自殺に疑問を抱いてる元刑事さんという触《ふ》れ込みにしたら、どうかしら？」

「そうしましょう。それなら、事実とあまりかけ離れていないから、怪しまれずに済みそうだ。それじゃ、後ほど」

不破は電話を切り、引き出しに手を伸ばした。

シェーバーを取り出す。不破はすぐに伸びた濃い髭《ひげ》を剃りはじめた。

4

「洋介は殺されたかもしれないですと⁉」

片桐卓造が顔を上げた。右手に、不破の名刺を持っている。

片桐邸の広い応接間だ。卓造のかたわらには、小夜子が腰かけていた。

「まだ断定はできませんが、その疑いは濃厚ですね」

不破は言った。

「誰が、誰が息子を殺したんです？」

「まだ調査中ですので……」

「早く捜してください、犯人を。できるだけのお礼はします」

「お礼はともかく、わたしは洋介君の友人として、何かしてやりたいんです」

「ありがとうございます。倅《せがれ》から不破さんのお名前は聞いたことはありませんでしたが、洋介もいい友人を持ったもんです」

「いいえ、息子さんには世話になるばかりで、何もしてやれませんでした。しかも、お葬式にも伺《うかが》えませんで、心苦しく思ってます。あのころ、体調を崩して入院してたもんですから」

「洋介とは、いつごろからのつき合いだったんです？」

卓造が不破の名刺を大島紬《つむぎ》の袂《たもと》に入れ、緑茶を啜《すす》った。髪は半白だが、まだ皮膚には張りがあった。

顔立ちは整っている。目許のあたりが、隣にいる小夜子と似ていなくもない。

「知り合ったのは、三、四年前でした。丹沢の山の中を歩いてて、洋介君に猪《いのしし》と間違えられそうになったんですよ」

「そうでしたか。息子は、よく丹沢にハンティングに出かけてましたからね。しかし、あなたを猪と間違えそうになるなんて、駄目な奴だな。わたしが倅に狩猟《しゅりょう》の手ほどきをしてやったんだがね」

「あなたもハンティングをなさるんですか。それは知りませんでした」

「いや、もう引退しました。六十を過ぎてから、とみに足腰が弱りましてね。山に入るだけで、息切れしてしまう始末です」

「そうですか。そろそろ本題に入らせてもらいます。あなたを後ろから突き飛ばした男というのは、どんな奴でした？」

不破は訊いた。

「坊主頭の若い奴です。おそらく、やくざ者でしょう」

「そいつは、あなたを突き飛ばしただけでした？」

「そうです。殴られも蹴られもしませんでしたよ。だから、倒れたときに肘《ひじ》を擦《す》り剝《む》いて、左の足首を捻挫《ねんざ》しただけです。お手伝いの者が大げさに騒いで、これに電話をしてしまったんです」

卓造が小夜子を顧《かえり》みて、きまり悪そうに笑った。足首には湿布が貼ってあった。

「わたし、お義父《とう》さまのことが心配だったんです」

「心配してくれるのはありがたいが、あんまり老人扱いされたくないね」

「わたし、そんなつもりでは……」

小夜子が言葉を途切《とぎ》らせ、下唇を嚙んだ。美しい依頼人は、どうやら義父としっくりいっていないらしい。

「失礼ですが、誰かに逆恨《さかうら》みされてませんか？」

不破は卓造に問いかけた。

「そういうことはないと思います。わたしはテナントビルを持ったり、立体駐車場を経営してるだけで、熾烈《しれつ》な闘いを強《し》いられる事業をしてるわけじゃありませんからね。他人を踏み台にした覚えはないし、取引相手に迷惑をかけたこともないんです」

「会社の社員で、あなたに不満を抱いてる者はいませんか？」

「管理会社のほうに六人、立体駐車場に五人の従業員がいますが、いずれも定年を過ぎた再就職者ばかりです。しかし、わたしは彼らにそれなりの給料を払ってますし、福利厚生面でも不満の出ないようにしてるつもりです」

「こちらには、お手伝いの方が二人いらっしゃるそうですね？」

「ええ。彼女たちも一応、満足してくれてると思いますよ。なんでしたら、二人をここに呼びましょうか？　あなたから、直接、彼女たちに訊いてもらってもかまいません。もちろん、わたしは席を外します」

「いいえ、そこまでしていただかなくても結構です」

「そうですか」

「『豊栄リース』の牧村社長のことは、ご存じですね？」

「ええ、名前は知ってます。一度も会ったことはありませんがね。小夜子の話だと、その男は関東桜仁会の幹部で、自分の組を持ってるとか」

卓造は言いながら、テーブルの上から飴色《あめいろ》に輝くパイプを取り上げた。

海泡石《かいほうせき》のパイプだった。カプスタンという葉を詰め、パイプ煙草用のライターで火を点けた。香りの強い煙が縺《もつ》れ合いながら、ゆっくりと拡《ひろ》がっていく。小夜子が、かすかに顔をしかめた。

不破は自分も煙草を喫《す》いたくなったが、少し我慢することにした。

「わたしが突き飛ばされたことと洋介の死が結びついてるとは思えないんだがね」

「実は、少し気になる事実がわかったんです。牧村が洋介君の前の奥さんの店に出入りしてるんですよ」

「里香の店に⁉」

「ええ。牧村に何か魂胆《こんたん》があって、彼女に近づいたのかもしれません。あるいは、里香さんのほうが牧村を利用したとも考えられますね」

「里香は、そんな女じゃないっ」

卓造が怒気を孕《はら》んだ声をあげた。

「しかし……」

「前の嫁は、洋介には過ぎた女だった。里香は他人に派手な印象を与えるんで、損をしてたんです。だが、洋介にはよく尽《つ》くしておった。それなのに倅は里香を家から追い出してしまって。色恋にうつつを抜かしていなければ、息子も会社を乗っ取られるようなことにはならなかったんだっ」

「お義父さま、あんまりです。それでは、まるでわたしのせいだと言わんばかりじゃありませんかっ」

小夜子が抗議した。

「別に、あんたのせいだとは言っとらんよ。わたしは、前の嫁は悪い女じゃないと言いたかっただけだ」

「わたしだって、妻として精一杯努《つと》めてきたつもりです」

「それはわかっとる。もういいじゃないか。お客さんの前で見苦しいことはやめよう」

卓造が言い諭《さと》し、パイプ煙草をたてつづけに何回か深く喫いつけた。

煙が厚く立ち込めた。

小夜子は何か言いかけたが、気まずく黙り込んだ。哀しげだった。

「息子さんの友人の石津智彦氏のことはご存じでしょう?」

不破は、家の主に訊いた。

「ええ、よく知ってますよ。息子と一緒に何度か、ここにも遊びに来たことがありますからね」

「その石津氏が里香さんと親しい関係にあるんです。きのうの夜、正確にはきょうってことになりますが、石津氏は明け方まで里香さんのマンションにいました。この目で見たことですから、間違いはありません」

「里香はもう洋介の妻じゃないんだから、誰と恋愛しても別に問題はないでしょう？」

「ええ、そのこと自体はね。しかし、里香さんが息子さんと離婚する前から石津氏と深い仲だったとしたら、少し気になってきます。なにしろ、銀座の『シャレード』には牧村だけじゃなく、鶴岡公盛も何度か行ってるんです。それも牧村と一緒だったそうです」

「鶴岡というと、『経営界ジャーナル』とかいうごろつき雑誌を発行してる奴だったな」

卓造が、きっとした顔つきになった。

「そうです。牧村が東京税関の職員を抱き込んで、洋介君の船荷に拳銃とコカインを紛《まぎ》れ込ませ、そのことを鶴岡に記事にさせたと推測できます」

「それじゃ、倅は計画的に会社を乗っ取られたことに⁉」

「状況から考えて、おそらくそうだったんでしょう。そして、洋介君は自殺に見せかけて殺された疑いがあります」

不破はそう前置きして、死体のそばに落ちていた布テープの糸屑のことを話した。

「つまり、息子は両手首を粘着テープで縛られ、レミントンの銃口を口の中に突っ込まれたかもしれないとおっしゃりたいんだね？」

「それだけじゃ、息子さんは暴《あば》れるはずです。おそらく麻酔薬を嗅《か》がされたか、高圧電流銃《スタンガン》か何かで気絶させられた後、口の中で散弾銃をぶっ放されたんだと思います」

「不破さん、もうやめて！」

小夜子が悲痛な声で訴えた。

「無神経でした。謝ります」

「牧村の仕業《しわざ》なのかね？」

卓造が身を震わせながら、低く問いかけてきた。

「それは、まだわかりません。仮に牧村の犯行だとしたら、殺害の動機がやや稀薄《きはく》なんですよ」

「稀薄？」

「ええ。牧村は恐喝罪で洋介君に訴えられる恐れはあったようですが、それぐらいのことで殺人まで犯すかどうか」

「牧村は息子を脅したり騙《だま》したりしただけじゃなく、もっと悪いことをしたんじゃないだろうか。それが明るみに出ることを恐れて、洋介の口を塞《ふさ》ぐ気になったのかもしれんな」

「そうかもしれませんね。問題は、里香さんや石津氏が息子さんの死に関《かか》わってるかどうかです。石津氏と洋介君の間で、何か揉め事が起こったことはありませんか？」

不破は煙草の箱から、両切りピースを抓《つま》み出した。すぐに火を点け、深く喫い込む。

「二人の間に、トラブルなんかありませんでしたよ。とっても仲が良かったからね、彼と息子は」

「奥さんも、そうおっしゃってました」

「里香たちが牧村と何か悪巧《だく》みをしたとは思えないね。あなた、考え過ぎだよ」

卓造が言って、テラスの方に目をやった。

不破は釣られて庭を見た。手入れの行き届いた広い庭には、黄昏《たそがれ》が迫っていた。

誘蛾灯の光が樹木を淡く照らしている。緑が濃かった。

「少し疲れてしまった。血圧がちょっと高いんですよ。わがまま言うようだが、少し横になりたいんだ」

「わかりました。どうも突然、押しかけまして、申し訳ありませんでした」

不破は煙草の火を消し、深々としたソファから腰を浮かせた。

小夜子も立ち上がった。卓造は、息子の嫁を引き留めようとはしなかった。

不破たちは応接間を出て、玄関ホールに向かった。

「わがままな義父《ちち》で呆《あき》れたんじゃありません？」

小夜子が歩きながら、囁き声で言った。

「別に気にしてませんよ。それより、あなたのほうが不快だったでしょう？」

「義父はわたしを嫌ってるんです。だから、里香さんの肩ばかり持って……」

「息子さんを亡くして、誰かに当たり散らしたい気分なんでしょう」

不破は依頼人を慰めた。

ホールに達すると、小部屋から七十年配の老女が現われた。お手伝いのひとりだった。小柄で痩せていた。

老女に見送られ、不破と小夜子は玄関を出た。ポーチの前の車寄せに、プジョーが駐《と》めてあった。

「よろしかったら、久我山の家にいらっしゃいません？」

「今度にしましょう。石津智彦に会ってみようと思うんですよ、弁護士に雇われた調査員を装ってね。偽名刺は、いろいろあるんだ」

「石津さんは、事件には無関係だと思いますけど」

「それを確認するだけでも、無駄にはならない。そのうち、お宅にはゆっくりお邪魔させてもらいます。それじゃ、お先に！」

不破は軽く手を挙《あ》げ、門扉《もんぴ》の外に走り出た。

車は石塀《いしべい》の脇に駐めてあった。不破は乗り込み、すぐさまスタートさせた。夕闇が一段と濃くなっていた。

邸宅街を抜け、環七通りに出る。

駒沢陸橋の交差点で駒沢通りに乗り入れ、東急東横線代官山駅の手前で左に折れた。猿楽町、針山町を通って、桜丘町に入る。

玉川通りに面した町だ。

大通りにはオフィスビルが建ち並び、一歩奥に入ると、マンション、中層ビル、個人住宅、ホテルなどが混然と連《つら》なっている。ＪＲ渋谷駅から徒歩で四、五分だが、割に静かだった。

『ユニバーサル・コーポレーション』は、中層ビルの三階にあった。

不破はビルの近くに車を駐めた。ビルの地下駐車場を覗くと、見覚えのあるジャガーがあった。まだ石津は、オフィスにいるようだ。

エレベーターで、三階に上がった。

石津の会社はワンフロアをそっくり使っていた。といっても、ビルそのものがあまり大きくない。床面積は三十坪そこそこだろう。

ドアを開けると、受付があった。
二十二、三歳の女が坐っていた。不破は受付嬢に偽名刺を渡し、石津に面会を求めた。
受付嬢が社内電話を使って、連絡を取った。

面会を許された。受付嬢に案内されて、社長室に入る。十二、三畳の部屋だった。

石津は、すぐにマホガニーの両袖机から離れた。

ライトグレイのスーツを着ていた。いかにも仕立てがよさそうだった。

「どうぞおかけください」

石津が受付嬢から渡された名刺に目を落としてから、アイボリーの応接セットを手で示した。総革張りのソファだった。

不破は会釈して、ソファに坐った。

石津がインターコムのボタンを押し、コーヒーを二つ、と声を送った。それから彼は、自分の名刺を差し出した。

不破は立ち上がって、名刺を両手で受けた。

「お坐りください」

石津がそう言い、不破の正面のソファに腰を沈めた。

不破も坐った。石津は並の俳優よりも、はるかにハンサムだった。身だしなみも申し分ない。知性的な輝きもあった。

「小夜子さんが『豊栄リース』の社長を告訴されたんですね？」

石津が先に口を切った。

「ええ、そういうことです。生前、片桐洋介氏は牧村社長のことをどんなふうに？」

「羊の皮を被《かぶ》った狼だと言ってました。牧村って男は、親切ごかしに片桐君に近づいたらしいんですよ。それで片桐君が融資を受けたとたん、厳しくお金を取り立て、利率の変更を迫ったらしいんです」

「その話は、『片桐エンタープライズ』の元社員からも聞きました」

「そうですか。片桐君は、牧村って奴に殺されたようなものですよ。彼は責任感の強い男でしてね、社員の身の振り方のことをひどく気にかけてました。それから会社を乗っ取られて、ひどく気落ちしてましたね」

「それは、そうでしょう」

不破は相槌を打った。

「もう再起できないとも言ってましたよ。ぼくが少しぐらいの事業資金だったら、用立ててやると言ったんですが、彼は友人に迷惑かけたくないと言って……」

「その話も小夜子さんから聞きました」

「そうですか」

石津が鼻白んだ表情で、ダンヒルをくわえた。

英国煙草だ。ジャガーといい、ダンヒルといい、英国製品を高く評価しているようだった。

仕切りドアに軽いノックがあり、二十五、六歳の女が社長室に入ってきた。

気品のある美人だった。スタイルもいい。クリーム色のスーツに身を包んでいる。

銀色の盆を持っていた。髪はショートボブだった。

「秘書の尾花末沙《おばなみさ》です。優秀な秘書でしてね」

「そうですか。どうも初めまして」

不破は腰かけたまま、社長秘書に軽く頭を下げた。尾花未沙はいったん立ち止まり、折目正しい挨拶をした。不破は立ち上がって、改めて名乗った。

「不破です。石津社長の友人のことで、ちょっと調査にお邪魔したんです」

「そうですの」

女秘書は詮索することなく、二つのコーヒーカップを卓上にそっと置いた。すぐに彼女は、仕切りドアの向こうに消えた。

「きれいな方ですね。あんな美人がそばにいるんじゃ、落ち着かないでしょ？」

不破は冗談を口にした。

「仕事中は男も女もないですよ。それに、彼女は男嫌いのようですしね」

「もったいない話だな。ところで、石津さんも狩猟をおやりになられるんですか？」

「なんです、急に」

石津が眉根を寄せた。

「誤解しないでください。片桐さんの趣味がヨットだけじゃないって話を聞いたもんで、ちょっとうかがってみただけなんです」

「片桐君に勧められて、狩猟の許可証は貰いましたよ」

「どんな散弾銃をお持ちなんです？」

不破は訊いた。石津が露骨に顔をしかめた。

「おかしなことを訊きますね。ぼくが持ってるのは、ウィンチェスターです。レミントンじゃありませんよ」

「そう神経を尖《とが》らせないでください。別に他意はないんです」

「しかし、片桐君は猟銃自殺をしてるんです。銃の種類まで訊かれれば、誰だって、神経過敏《ナーヴァス》にもなるでしょ！」

「片桐氏は、本当に自殺したんでしょうかね？」

不破は石津の顔を見据えた。

石津がダンヒルの火を消しながら、頬をひくつかせた。

「なんだか奥歯に物の挟まったような言い方をされるな。何が言いたいんです？」

「実は、死体の第一発見者が現場で布テープの糸屑を見つけてるんです。それが片桐さんの死に関係があるかどうかは、わからないんですがね」

不破は自分の推測を詳しく話した。相手の反応を探《さぐ》るためだった。

「そういう推測もできるんでしょうが、あまり説得力はないな」

「そうですかね？」

「きっと片桐君は前途を悲観して、死を選んだにちがいありません」

「あなた、前夫人の里香さんをご存じですよね？」

「よく知ってます。でも、離婚してからは一度も会ってません」

「そうですか」

「まさか里香さんを疑ってるわけじゃないでしょうね？　彼女は、人殺しなんかできる女じゃないっ」

石津が強く否定した。

「かなり自信ありげな口調ですね。前夫人とは、だいぶ親しかったんでしょう？　そこまで言い切れるわけだから」

「それ、どういう意味なんです？　なんか失敬なことばかり言ってるが、ここに来た目的は何なんだっ。不愉快だ。もう帰ってくれ！」

「わかりました。どうもお邪魔しました」

不破は腰を上げ、社長室を出た。

背後で、石津の罵声《ばせい》がした。石津には必死に何かを隠そうとしている気配がうかがえた。元刑事の勘だった。

受付まで歩くと、さきほどの秘書がいた。受付嬢と話していた尾花未沙が、不破の足音で振り返った。

「もうお帰りですか？」

「石津さんを怒らせてしまってね」

「あら、あら。探偵社の方ですの？」

「弁護士に雇われたフリーの調査員です」

不破は言い繕《つくろ》って、『ユニバーサル・コーポレーション』を出た。

これから、日本橋にある鶴岡公盛のオフィスに行ってみるつもりだった。牧村よりは、ガードが手薄だろう。

5

尾行されていた。

思い過ごしではない。『経営界ジャーナル』の発行人の事務所のあるビルを離れてから、ずっと同じ車が尾《つ》けてくる。

不破は減速し、ミラーを見た。

メタリックシルバーのマークX《エックス》が追尾《ついび》してくる。ドライバーの顔かたちは判然としない。

不破の車は昭和通りを走っていた。京橋のあたりだった。

鶴岡の会社を訪ねたのは、五、六分前だ。

フリーライターを装って大物ブラックジャーナリストに接触し、どこかに拉致《らち》する気でいた。しかし、鶴岡のオフィスには誰もいなかった。明かりは消え、ドアは堅く閉ざされていた。

やむなく不破は、神谷里香を締め上げることにした。それで、車を銀座に向けたところだった。

マークXは執拗に追ってくる。おおかた鶴岡の手下か、牧村組の者だろう。

尾《つ》けてくる男を締め上げてみるか。

不破は数百メートル先の交差点を左折した。

尾行者を人気《ひとけ》の少ない場所に誘い込む気になったのだ。マークXも昭和通りを折れた。

不破は徐々にスピードを上げはじめた。追跡してくる車も、すぐに加速した。

左手に八丁堀《はっちょうぼり》の街並がつづいている。

新川《しんかわ》方面に向かう。道なりに走れば、やがて永代《えいたい》通りにぶつかるはずだ。新川に入ると、高層ビルはだいぶ少なくなった。

不破は新川の外れで、車を右折させた。

しばらく直進すると、町工場や民家が目につくようになった。

さらに走ると、道は隅田川《すみだがわ》に阻《はば》まれた。付近には、倉庫ビルが連なっていた。

川の対岸は佃《つくだ》だった。

隅田川の本流と支流の分岐点の畔《ほとり》に、超高層マンションがそびえている。無数の灯火が花のようにも見えた。幻想的な眺めだった。

不破は川沿いの道を低速で進み、いきなりアクセルを深く踏みつけた。

背中がシートに吸い寄せられた。マークXも加速した。あたりに車は見当たらない。

不破は車をハーフスピンさせた。

道を塞《ふさ》ぐ恰好《かっこう》になった。

後ろで、パニックブレーキをかける音が鋭く響いた。タイヤが軋《きし》んだ。

不破は外に躍《おど》り出た。

マークXに駆け寄る。ドライバーが慌てて車をバックさせかけていた。不破はマークXのドアミラーを両手でへし折り、車体を蹴りつけた。

マークXが一瞬、停止した。

不破は、またドアを蹴った。ドライバーが血相を変えて、車から降りてきた。

中肉中背の男だった。三十一、二歳か。サラリーマン風だが、どことなく崩れた感じだ。

「他人《ひと》の車になんてことするんだっ」

「そっちがおれを尾《つ》けてるからだ」

不破は怒鳴り返した。

「何を言ってるんだ。あんたなんか尾けてない。頭がおかしいんじゃないのかっ」

「とぼけてると、痛い目に遭《あ》うぜ」

「警察、警察を呼ぼうじゃないか……」

男が後ずさりしつつ、震え声で言った。

不破は右手で男の奥襟《おくえり》を摑んで、左手で相手の袖口を捉《とら》えた。左の引き手で男の体勢を崩して右の釣《つ》り手で相手を腰に載《の》せ、膝を発条《ばね》にして大きく投げ飛ばした。

大腰という技《わざ》だった。

男は横向きに倒れ、強《した》たかに腰を路面に打ちつけた。太く唸《うな》った。

不破はすぐに男を摑み起こし、今度は釣り込み腰をかけた。ふたたび男が地面に転がった。ほとんど同時に、長い呻きを洩らした。

不破は無言で、男の腹と腰をたてつづけに蹴りつけた。

男が体を丸めて、血の混じった唾液を吐いた。口の中のどこかが切れたようだ。

「何者だっ。黙ってると、前歯をそっくり飛ばすことになるぞ。それでもいいのかっ」

「ひどいじゃないか。ただ、同じ方向に車を走らせてただけなのに」

男が言いながら、半身を起こした。

不破は相手の顔面を蹴った。

その瞬間、めりっという音がした。歯の折れた音だ。男はむせながら、前歯を吐き出した。一本ではなく、三本だった。

「もう喋る気になったか？」

「『経営界ジャーナル』の編集部の者だよ。社長の命令で、あんたを……」

「やっぱり、そうだったか。鶴岡にどんなふうに命じられたんだ？」

不破は声を投げつけた。

「クラウンに乗った長身の男が会社に来たら、そいつを尾行して行動を細かく報告しろって言われたんだ」

「去年の秋、『片桐エンタープライズ』の社長に関するブラック記事を雑誌に載せたな？」

「あの記事は、でっち上げじゃない。関係者の証言もちゃんと取ってあるんだ。だから、うちの社長は誣告罪《ぶこくざい》で逆に片桐洋介を訴えたんだよ」

「拳銃やコカインの密輸容疑そのものがガセネタとわかっていながら、さも事実のように書きたてたはずだ。鶴岡に、それを頼んだのは『豊栄リース』の牧村義樹なんだろ？」

「そんなことはない。あの記事は、きちんと取材をして書いたんだ」

「取材したのは、おまえなのかっ」

「いや、有吉《ありよし》編集長が自分で取材して、あの記事を書いたんだよ」

「そのことは、どうでもいい。牧村は、鶴岡のオフィスによく顔を出してるのか？」

「二、三カ月にいっぺんぐらいだね」

「いま、鶴岡はどこにいる？」

「それはわからない。いつも社長は、夜、いろんな人たちに会ってるんだ。居る場所は、われわれにはわからないんだよ」

男がハンカチで口を押さえながら、聞き取りにくい声で言った。

「鶴岡は愛人を囲ってるんだろ？　女の名前と住んでるとこを教えてくれ」

「社長は、もう女は卒業したと言ってるよ。だから、愛人なんかいないと思う」

「まあ、いい。車のスペアキーを出せ！」

「スペアは持ってないんだ」

「そうか」

不破はマークXに半身を突っ込み、キーを抜き取った。それを川に投げ捨てる。遠くで、水音がした。男が弱々しい声で文句を言った。不破には、よく聞こえなかった。

「おれを置き去りにするのかよ」

「わかりきったことを訊くな。そんな粗雑な頭じゃ、まともな記事は書けねえぞ」

不破は言い捨て、自分の車に駆け戻った。

ほどなく車を発進させた。来た道を戻り、京橋に出た。里香の店に行く前に、不破は腹ごしらえをする気になった。

元やくざの富塚の馴染みの鮨屋《すしや》が歌舞伎座の裏にあった。その店の穴子《あなご》のにぎりは絶品だった。

不破は鮨を食べたくなった。車を三原橋《みはらばし》に向ける。

十数分で、目的の店に着いた。不破は車を店の前に駐め、暖簾《のれん》を潜《くぐ》った。

なんと先客の中に、富塚が混じっていた。

「やあ、不破の旦那！」

「あんたと会うとはね。なんか悪い予感がしてたんだよ」

不破は軽口で応じ、富塚の隣に腰かけた。

富塚は縞鰺《しまあじ》と赤貝の刺身をつまみにして、冷酒を傾けていた。ひとりだった。

左手首には、ピアジェが光っていた。会うたびに、腕時計が違う。毎回、超高級品だった。

「また、いい腕時計をしてるね。羽振りがよさそうで、結構だ」

「旦那、からかわないでよ。こんな派手な時計をしてると、お里が知れちまうんだが、この趣味ばかりはどうにも……」

「別に気にすることはないさ。近くまで来たんで、ちょっと立ち寄る気になったんだ」

「裏のほうのビジネスなんでしょ？」

「まあね」

不破は言って、富塚と同じ冷酒を頼んだ。つまみは、適当に見繕《みつくろ》ってもらった。

「新宿の店のほうは、どうです？」

「おかげさまで、流行《はや》ってる。この分なら、富《とみ》さんにも予定より早く返済できそうだ」

「そう律儀に考えていただかなくても結構でさあ。あるとき払いでいいんですよ」

「そう言ってもらえると、心強いな」

「裏のほうでも協力できることがあったら、いつでもご遠慮なく」

富塚が言って、赤貝を食べた。

そのとき、冷酒が不破の前に置かれた。新潟の地酒だった。付け台に熊笹が敷かれ、甘海老、鮪《まぐろ》の中トロ、間八《かんぱち》、烏賊《いか》などが盛られた。

不破はグラスを軽く掲《かか》げ、冷酒に口をつけた。辛口で、喉ごしの切れ味は鋭かった。

「旦那、見合いしてみませんか」

富塚が唐突に言った。

「結婚斡旋《あっせん》会社までやりはじめたのかい？」

「そうじゃありません。うちの会社の経理課にいる女性で、なかなかなのがいるんですよ。お面《めん》はいいいし、料理もうまいんです。もちろん、気立ても悪くありません」

「おれは女をあやすのが下手だから、遠慮しておこう」

「事業をやる人間がいつまでも独り身ってのは、よくありませんぜ。女房子供がいてこそ、ファイトが湧くってもんでさあ」

「あくせくしてまで金儲けをする気はないんだ。やっぱり、人間は精神的な充足感がなけりゃな」

「旦那は本来、事業家向きじゃないのかもしれないね。カラオケ店の経営を押しつけたようで、かえって迷惑だったでしょ？」

「そんなことはないさ。富さんには感謝してるよ。事業資金を用立ててもらえたから、曲がりなりにも人を使う立場になれたわけだからな」

「そのことは、もうよしましょうや。こっちこそ、世話になっちまって」

「富さん、『経営界ジャーナル』の発行人のこと、知ってるかい？」

不破は小声で訊いた。

「鶴岡公盛のことですね？」

「ああ。鶴岡の弱点、何か知らないかな？」

「弱点ねえ。前の稼業やってるときに聞いた話ですが、あの怪物は美少年専門らしいんでさあ」

「奴はゲイだったのか」

「真偽はわかりませんが、その趣味がまるっきりないわけじゃないでしょ。裏社会じゃ、かなりの噂になってましたからね」

「そう」

「旦那、あのじいさんをちょいとはたく必要がありそうですね。だったら、昔の舎弟に奴のキンタマ握らせましょう」

「いや、富さんに頼むわけにはいかないな。あんたは、もうあっち側の人間じゃないんだ。妙な借りをつくったら、後で厄介なことになりかねないからな」

「そんなケチくさい野郎にゃ頼みませんや。とにかく、わたしに任せてください」

富塚がグラスを空け、冷酒をお代わりした。

不破は、もう何も言わなかった。俠気《おとこぎ》のある富塚はいったん口に出したことは、何があっても実行する男だった。

二人は小一時間、世間話をした。

不破は酒を切り上げ、穴子や鯛の握りを少し摘《つま》んだ。富塚は、まだ飲みつづけていた。

頃合を計って、不破は先に店を出た。

富塚が彼の勘定まで払いたがったが、それには甘えなかった。卑屈になりたくなかったからだ。

不破は車に乗り、神谷里香の店に向かった。店の近くに路上駐車できそうなスペースはなかった。

『シャレード』までは、十数分しかかからなかった。

不破は車を有料駐車場に預け、店まで二百メートルほど歩いた。

今夜は客の入りがよかった。ボックス席は空いていなかった。

「二、三十分お待ちになってね」

里香が済まなそうに言って、不破をカウンターに導いた。

きょうは和服ではなかった。薄手のウールのドレスを身につけていた。茶系だった。ウエストのくびれが深い。実に肉感的な肢体だ。

不破はスツールに腰かけ、年配のバーテンダーにバーボンの水割りを注文した。

ウイスキーはブッカーズを選んだ。ワイルド・ターキーは気障《きざ》な気がして、もう三年あまり前から飲んでいない。

「お帰りになったら、承知しないわよ」

里香が熱い息とともに不破の耳に囁き、ボックス席に向かった。

香水の残り香が鼻腔《びこう》をくすぐった。シャネルだろう。

少しすると、左横のスツールに絵美が坐った。わざと彼女は、不破の体に腰をぶつけるような坐り方をした。

「やあ、きみか」

「今夜も来てくださったのね。嬉しいわ」

絵美が歌うように言って、不破の左腕を揺すった。純白のドレスは、下着が見えそうなぐらい丈《たけ》が短かった。

不破の前に、バーボンの水割りが置かれた。

「きみも好きなものを飲んでくれ」

「それじゃ、カンパリをいただきます」

絵美がバーテンダーにも聞こえる声で言った。バーテンダーが黙ってうなずいた。

「この調子で、毎晩、来てもらえたら、最高だな」

「そんなに金がつづかないよ。きみは、おれに銀行強盗をやらせたいようだな」

不破は冗談を言い、ダイナミックに飲んだ。

「凄い飲みっぷりね。ねえ、じゃんじゃん飲んで。一週間通ってくれたら、絵美、あなたに皆勤賞をあげちゃう！」

「何をくれるんだい？」

「あたしをそっくりあげる」

絵美が不破の手を取って、自分の太腿《ふともも》に触《ふ》れさせた。不破は五指をピアニストのように躍《おど》らせながら、低く言った。

「ずいぶん商売熱心じゃないか。スポンサーがついて、店を持たせてもらえることになったのかな」

「そうだといいんだけどね。でも、あたし、新しいお店のチーママになれるかもしれないのよ」

「姉妹店を出すわけか」

「ええ、多分ね。昼間、ママと六本木の店舗を見に行ったの。そう広くないんだけど、ママも気に入ったって言ってたから、きっと手付金を打つと思うわ」

「ママ、儲けてるんだな」

「ううん、ここはそんなに儲かってないみたいよ。あたしたちの人件費が大変らしいの。だけど、ママの彼が資金援助してくれるんだって」

絵美が、はしゃぎ声で言った。

不破は絵美の腿《もも》から手を引っ込め、煙草をくわえた。すかさず絵美がライターを摑み上げた。

「こんな時代に、リッチな奴がいるもんだな」

「ほんとね。あたしも早くスポンサーを見つけて、自分のお店を持ちたいわ」

「せいぜい頑張ってくれ」

不破は口を噤《つぐ》んだ。

いまの話が事実だとしたら、新しい店の出資者は石津智彦にちがいない。石津は不振のサーフィンショップを畳む気になったのだろうか。それとも、何か後ろ暗いことでもしたのか。

不破はそんなことを考えながら、バーボンの水割りを飲みつづけた。

十時半を過ぎると、先客がまるで申し合わせたように次々に引き揚《あ》げていった。不破は絵美とともに、ボックス席に移った。

数分後、客を送り出しに行った里香が小走りに戻ってきた。

「お相手が遅くなって、ごめんなさいね」

「ママに嫌われたと僻《ひが》んでたとこだよ」

「お上手ね」

「ここに坐ってくれ」

不破は隣のソファを軽く叩いた。里香が腰かけると、絵美が手洗いに立った。

「ママ、おれ、実は探偵社の人間なんだよ。石津智彦氏の奥さんに頼まれて、素行調査をしてるんだ」

「ええっ」

里香が腰を引いた。驚愕《きようがく》の色が濃い。

「ママと石津氏の関係は、もうすっかり調べ上げたんだ。麻布台のレストランバーで密会してるとこや二人でジャガーに乗り込んだとこを隠し撮《ど》りさせてもらった。明け方、石津氏がママのマンションから出てくるとこもね」

「奥さんには黙っててもらえない？　わたし、彼を本気で愛してるのよ」

「そんな感じだったね」

「調査報告書、適当に書いといて。もちろん、それなりのお礼はするわ」

「ここで、裏取引の話はまずいんじゃないの？」

不破は言った。

「そうね。お店が終わったら、この近くの喫茶店かどこかで具体的な話をしましょう」

「周《まわ》りに人間がいない場所がいいな。ホテルでもいいが、誰かに見られないとも限らない」

「わかったわ。後で、わたしのマンションで話をしましょう。それで、いいでしょ？」

「おれは、せっかちな性分《しょうぶん》でね。それにママに時間を与えたら、誰かに取引の邪魔をされる恐れもあるからな」

「わたしを信用して」

「悪いが、寝たことのない女は信じない主義なんだ。店、バーテンさんか誰かに任せて、すぐに一緒にここを出よう」

「そんなこと、無理よ」

「なら、取引には応じられないな」

「わかったわ。あなたの言う通りにするわよ。後のことをバーテンダーに頼んでくるわ」

里香が立ち上がった。

不破も腰を上げ、里香から離れなかった。勘定を払う振りをしながら、里香とバーテンダーの遣《や》り取りに耳をそばだてる。

別段、不審な会話は交わされなかった。

「ちょっと食事に出てくるわ」

里香がトイレから出てきた絵美に言い、先に出入口に向かった。絵美は里香と不破の顔を見較べ、狐火《きつねび》でも見たような顔をしていた。

不破は小さく笑って、里香を追った。

里香はエレベーターホールの前に立っていた。憮然《ぶぜん》とした表情だった。

飲食店ビルを出ると、不破は里香を有料駐車場まで歩かせた。逃げる様子はなかった。

不破は助手席に里香を乗せ、車を天現寺に走らせた。

二十数分で、里香のマンションに着いた。

九〇一号室の玄関に入ると、里香が体ごと振り返った。

不破は一瞬、緊張した。里香がアイスピックか何か握っているような気がしたからだ。だが、何も手にしていなかった。

「お金なんかじゃ、協力してもらえないんでしょ？」

里香が伸び上がって、唇を押しつけてきた。不破の唇を貪《むさぼ》りながら、彼女は下腹と腿《もも》を強く密着させてきた。

体で口止め料を払うということか。

不破は、里香の弾みのあるヒップを揉《も》んだ。据《す》え膳《ぜん》を喰わないほど堅物ではない。

二人は舌を絡《から》め合った。

里香はキスが上手だった。不破の舌の裏や上顎《うわあご》の肉も甘くくすぐった。歯茎《はぐき》を舌の先で軽く撫でたりもした。濃厚なくちづけが終わると、里香は不破の手首を握った。

その両眼は、濡れた光をたたえている。

不破は里香に手を引かれ、部屋の奥に歩《ほ》を進めた。

間取りは2LDKだった。リビングルームの右側に、十畳ほどの寝室があった。ウォークイン・クローゼットが付いていた。

部屋の中央には、ダブルベッドが据え置かれている。ベッドカバーは白と黒の縞柄だった。

「うーんと娯《たの》しみましょ？」

里香が妖《あや》しい笑みを浮かべ、手早く衣服を脱ぎはじめた。全裸になるまで、わずかな時間しかかからなかった。

不破は生唾《なまつば》が湧《う》きそうだった。

里香の体は熟れていた。椀型《わんがた》の乳房は重たげに息づき、腰の曲線もたおやかだった。ほぼ逆三角形に繁《しげ》った飾り毛は、霞草《かすみそう》のように煙って見えた。

色白で、肌理《きめ》も濃《こま》やかだ。むっちりとした腿《もも》は艶やかに輝いている。

「セクシーな体だな」

不破は里香を抱き寄せ、背を大きく屈《かが》めた。

里香が唇を求めてきた。噛みつくようなキスだった。不破は里香の唇と舌を吸いながら、豊かな髪をまさぐった。

里香も狂おしげに舌を乱舞させ、不破の背や腰を撫で回した。

不破の欲望が膨れ上がった。

すると、里香が不破の足許にひざまずいた。もどかしげな手つきでスラックスの前を押し開き、猛々《たけだけ》しく昂《たか》まったペニスを摑み出した。

不破は突っ立ったまま、上着を脱いだ。ダンガリーシャツのボタンを外し終えたとき、里香が不破の下腹に頰擦りした。

ほどなく不破は含まれた。

里香の舌は巧《たく》みに動いた。刷毛《はけ》になり、稲穂《いなほ》になり、蛇になった。両手も遊んではいなかった。片手は胡桃《くるみ》に似た部分を揉み、もう一方の手は不破の下腹や内腿を滑っている。

なかなかのものだ。死んだ片桐洋介と石津にたっぷり仕込まれたらしい。

不破はダンガリーシャツを脱ぎ、ベルトを緩《ゆる》めた。

分身は反《そ》り返っていた。長いこと含まれていたら、弾《はじ》けそうだ。

「ベッドに入ろう」

不破は言った。里香が昂まりを解放し、ゆっくりと立ち上がった。

「あなたにお願いがあるの」

「なんだ？」

「最近、当たり前のセックスじゃ、なかなか燃え上がれなくて……」

「どうしろって言うんだ？」

不破はスラックスを床に落とし、黒いソックスを脱いだ。

「わたしを縛って、乱暴に扱ってもらいたいの。前戯なんかなしで、いきなり犯して」

「ＳＭごっこをしたいわけか。面白そうだ。つき合ってやろう」

「ありがとう。それじゃ、ちょっと待ってて。何か責め具を探してくるから」

里香が目を輝かせ、クローゼットの中に入っていった。

不破は苦笑し、ベッドカバーと羽毛蒲団《うもうぶとん》をはぐった。トランクスだけの姿で、ベッドに横たわる。

少し待つと、里香がクローゼットから出てきた。スカーフ、パンティーストッキング、革のベルトなどを抱えている。

「これだけじゃ、迫力がないわね」

里香は抱えていた物をフラットシーツの上に落とすと、すぐに寝室を出ていった。

待つほどもなく彼女は戻ってきた。ステンレスの文化庖丁を手にしていた。

「そこまで本格的にやるのか」

不破は上体を起こした。

里香に言われるままに、スカーフで猿轡《さるぐつわ》をかませ、両手をパンティーストッキングできつく縛った。腰の後ろだった。首には、輪にした革ベルトを掛けさせられた。

里香がシーツに這《は》った。

横向きにした顔を枕に埋め、洋梨のようなヒップを高く突き出す。

寝室の照明は明るかった。

くすんだ珊瑚《さんご》色の合わせ目が、もろに電灯の光に晒《さら》された。恥毛に縁《ふち》取られた亀裂は、半《なか》ば笑《え》み割れている。フリル状の肉片は奇妙な具合に捩《よじ》れていた。

ひどく猥《みだ》りがわしい構図だった。

不破は呻《あお》られた。やや力を失っていたペニスが、たちまち勢いづいた。庖丁を握って、早く振った。

里香が文化庖丁に目を当てながら、くぐもった声で何か言った。庖丁を握って、早く男根《だんこん》で貫いてくれという意味だろう。

不破はトランクスを腰から引き剝《は》がし、刃物を右手で摑み上げた。里香が尻を小さく振った。

不破は、里香の背後に回った。

秘めやかな部分を指で探《さぐ》ってみる。さほど潤《うる》んではいなかった。敏感な突起と双葉に似た肉片を同時に愛撫する。

いくらも経《た》たないうちに、芽を連想させる突起は硬く痼《しこ》った。包皮は大きく後退している。二枚の葉も膨れ上がり、火照《ほて》りはじめた。

いつしか潤みは多くなっていた。

不破は膝立ちの姿勢で、熱い塊《かたまり》を押し入れた。わずかに押し返してくるような力を感じたが、昂まりは奥まで滑り込んでいった。

生温かい襞《ひだ》がまとわりついてきた。

心地よい。不破は庖丁を握ったまま、腰を躍動させはじめた。肉と肉がぶつかり合い、結合部分から湿った淫《みだ》らな音が響いてきた。

里香が呻きながら、全身でもがきはじめた。

迫真の演技だった。彼女は犯されている自分の姿を想像し、マゾヒスティックな快感を味わっているにちがいない。

不破は新鮮な感覚に包まれた。

自分が力ずくで里香を辱《はずかし》めているような錯覚に陥りそうだ。歪《ゆが》んだ征服感が胸のどこかでたゆたっている。

里香は必死に抗《あらが》って見せた。

その動きに、欲望をそそられた。不破は寝かせた庖丁で里香の腰を叩きながら、烈《はげ》しく動いた。左手では、乳房を荒々しく揉み立てた。

やがて、不破は勢いよく放った。

射精感は鋭かった。

昂まりが幾度も断《いなな》くように頭をもたげた。放ち終える寸前に、里香も極《きわ》みに駆け昇った。その瞬間、全身を硬直させた。啜《すす》り泣くような声をあげながら、里香は俯《うつぶ》せになった。

不破の分身は抜け落ちてしまった。

余韻を味わうチャンスは与えられなかった。残念な気もしたが、ふたたび体を繋《つな》ぐのは億劫《おっくう》だ。それに、肝心な仕事がまだ残っていた。

不破は体を拭《ぬぐ》うと、里香の枕許に坐り込んだ。

猿轡を外してやる。里香が大きく息をついた。体が上下に弾んでいた。

「遊びはここまでだ」

不破は文化庖丁をちらつかせた。

「お金も欲しいって言うの？」

「そうじゃない。おれの質問に正直に答えてくれりゃ、石津の女房には何も言わないよ」

「何が知りたいの？」

里香が不安顔を向けてきた。

「あんた、牧村義樹とはどういう仲なんだい？　牧村も、このベッドを使ってるのか？」

「変なこと言わないでよ。牧村さんはただのお客さんだわ。それより、あなた、何者なの!?　本当は探偵社の調査員じゃないのねっ」

「余計なことは言うな。あんたは、おれの質問に答えるだけにしろ」

「わかったわ」

「あんた、別れた亭主を憎んでたのか？　片桐洋介のことだよ。あんたのことは調べ上げてるんだ」

「なぜ？　なんで、わたしのことを調べたりしたのよっ」

「牧村に頼んで元亭主の会社を潰《つぶ》してもらい、その上、自殺を装って始末してもらったんじゃないのか！」

　不破は鋭い目で、里香を射竦《いすく》めた。

「冗談じゃないわ。どっちも頼んだ覚えはないわっ」

「嘘じゃないわ。どっちも頼んだ覚えはないわっ」

「嘘じゃないな？」

「ええ、ほんとよ。牧村さんが『片桐エンタープライズ』を乗っ取ったって噂を耳にしたことはあるけど、わたしは無関係だわ」

「鶴岡公盛も一枚嚙んでるようなんだ」

「そうなの。だけど、そういう話には興味ないわ」

「牧村と鶴岡が結託して、片桐洋介を破滅に追い込んだらしいんだ。あんた、どう思う？」

「もう関係ないわ、わたしには。洋介にも裏切られたし、義父《ちち》にもひどいことを……」

　里香が言い澱《よど》んだ。

「片桐卓造がどうしたって言うんだ？」

「わたし、洋介が海外に買い付けに行ってる間に、卓造に体を穢《けが》されたのよ。お風呂に入ってたら、卓造が刃物を持って押し入ってきたの。義父は、久我山の家の合鍵を持ってたのよ」

「話としちゃ、面白いな。しかし、まさか卓造が息子の嫁に手を出すとは思えない」

「洋介も、わたしの話を信じてくれなかったわ。あいつは、わたしの頭がおかしくなったと思ったみたい。でも、作り話なんかじゃないわ」

「誰だって、作り話と思うさ」

「別に信じてくれなくたって、いいわよ。だけど、事実だわ。卓造は洋介がわたしの話を信用しなかったのをいいことに、そのあともこっそり久我山にやってきて……」

「強引に組み伏せられたって言うのか？」

不破は先を促《うなが》した。

「ええ、そうよ。あの男に犯されつづけてるうちに、変な癖がついたのかもしれないわ」

「石津とは、いつからの仲なんだ？」

「洋介と別れてから、ひょんなことで男と女になっちゃったのよ」

「旦那と別れるとき、だいぶ慰藉料のことでごねたらしいじゃないか」

「当然でしょ？　わたしは片桐親子にさんざん虚仮《こけ》にされたわけだもん」

「あんたのさっきの話が事実だとしたら、よく卓造が息子の離婚話に反対しなかったな」

「だいぶ反対したみたいよ。それから卓造は『倅《せがれ》と別れたら、わたしが面倒を見てやる』って、しつこく言ってた。だけど、わたしは相手にしなかったわ。もし卓造がうるさく言い寄ってきたら、こっちも奥の手を使う気でいたの」

　里香が言った。

「卓造が迫ってきたときの声をテープに録音したのか？」

「想像に任せるわ。あれを使えば、卓造も震え上がるでしょうね」

「話は飛ぶが、近々、六本木に新しい店を出すらしいな」

「絵美が喋ったのね。口が軽いわね、あの娘《こ》ったら」

「石津が資金援助をしてくれるんだって？」

　不破は確かめた。

「そんなことまで喋ったの。呆《あき》れたわ」

「石津のやってるサーフィンショップは赤字らしいのに、よく資金の工面《くめん》がついたな。奴は、何か危《ヤバ》いことをやってるんじゃないのか？」

「あの二人には会ったこともないはずよ。ね、洋介が誰かに殺されたかもしれないって話、ほんとなの？」

「石津とあんたが殺したとも考えられなくはないな」

「悪い冗談言わないでよ。仮にも夫だった男を殺すわけないでしょうが！」

里香が腹立たしげに喚《わめ》いた。

不破は庖丁をナイトテーブルの上に置き、トランクスを抓み上げた。身繕《みづくろ》いを済ませてから、里香の縛《いまし》めを解いてやった。

「石津には何も言うなよ」

「……………」

「何か喋ったら、あんたを抱いたことを石津に話すぜ」

不破は上着を小脇に抱えて、寝室を大股で出た。

里香は沈黙したままだった。

第三章　捩《ねじ》れた疑惑

1

唇と唇が重なった。

男同士のキスだ。不破は一瞬、吐き気を覚えた。

おぞましい光景だった。しかし、小型双眼鏡を覗《のぞ》きつづけた。

伊東市内にある鶴岡の別荘の敷地内だ。

不破は灌木《かんぼく》の陰にうずくまっていた。蚊が多い。顔面にうるさくまとわりついてくる。

陽《ひ》は傾いていた。里香を抱いてから、三日が経過している。

富塚から連絡があったのは昨晩だ。鶴岡が愛人の美少年を伴《ともな》って、明朝、宇佐美の山荘に出かけるという情報をもたらしてくれたのだ。

鶴岡と色白の少年は、広大な庭に置かれた陶製のガーデンセットでワインを飲んでいた。どちらも軽装だった。

不破はレンズの倍率を高めた。

ぐっと距離が縮まった。

鶴岡たちの背後に、数寄屋《すきや》造りの家屋が建っている。家の中には、誰もいないようだった。好都合だ。

鶴岡が白ワインを口いっぱいに含み、女のように優しい面差《おもざ》しの少年に顔を寄せた。少年が赤味を帯びた唇をこころもち開いた。瞼《まぶた》は、すでに閉じられている。

ふたたび鶴岡が顔を重ねた。

ワインを口移しに飲ませながら、少年の股間《こかん》をまさぐりはじめた。十八、九歳の少年は鶴岡の薄い胸を愛《いと》おしげに撫で回していた。

鳥肌が立ちそうだ。また、嘔吐感を覚えた。

不破は耐えられなくなって、双眼鏡を黒の綿ブルゾンのポケットに突っ込んだ。

別段、同性愛者たちに偏見を抱いているわけではない。だが、どうしても男と男が睦《むつ》み合うことに生理的な嫌悪感を覚えてしまう。そればかりは抑《おさ》えようがなかった。

不破は中腰で、敷地の中の自然林まで歩いた。

庭の三分の一ほどに芝が植えられているだけで、その周囲の林には手は加えられていない。常緑樹と落葉樹が混じり合い、それぞれ枝をいっぱいに伸ばしていた。葉がうるさいほどに生い繁り、残照を遮《さえぎ》っている。あたりは薄暗かった。

地べたに折り重なった病葉《わくらば》は、いくぶん湿っている。陽の当たる所には雑草がはびこっていた。

林の中には、樹木と若葉の濃密な匂いが充満していた。草いきれも濃い。

不破は林伝いに迂回《うかい》し、別荘の建物に近づいた。

築後十年は経《た》っていそうだったが、贅《ぜい》を尽くした家屋だ。実業家たちから強請《ゆす》り取った金で建てたにちがいない。

不破は、自然林の斜面にしゃがみ込んだ。

煙草が喫《す》いたくなったのだ。なるべく煙を吐き出さないようにしながら、両切りピースを喫《す》う。

静かだった。

潮騒《しおさい》がかすかに聞こえる。それでいて、海沿いの国道一三五号線の騒音は這《は》い上がってこない。隣接する別荘もひっそりとしている。平日のせいだろう。

不破は、短くなった煙草の先を軟らかな土の中に捩入《ねじい》れた。

立ち上がろうとしたとき、トレッキングシューズの前を毒々しい色をした蜥蜴《とかげ》が走り抜けていった。体長十センチ前後だった。

不破はいたずら心に唆《そそのか》されて、地面を軽く踏み鳴らした。蜥蜴は慌《あわ》てふためき、下生えの中に逃げ込んだ。

不破は心の中で詫び、斜面を駆け降りた。

玄関の前のガレージに目をやると、白いメルセデス・ベンツと黒いＢＭＷミニが仲良く並んでいた。ＢＭＷミニは美少年の車だろう。きっと鶴岡が、彼に買い与えたにちがいない。

不破は、別荘から数百メートル下《くだ》った場所に自分の車を置いてあった。そこから、歩いてやって来たのだ。

玄関の前に、満天星《どうだんつつじ》の植え込みがあった。

不破はそこまで走り、踏み石の周《まわ》りに敷き詰めてある玉砂利を幾つか拾い上げた。玄関の格子戸や座敷の戸袋に玉砂利を投げつける。

割に高い音がした。

しかし、人の動く気配はうかがえない。

不破は玄関に走った。格子戸には鍵が掛かっていた。建物を回り込む。廊下のガラス戸は、なんなく開いた。

不破は家の中に忍び込んだ。

土足のままだった。足音を殺しながら、ひと部屋ずつ覗く。階下の六室には誰もいなかった。二階の四室も無人だった。和室が多く、洋室は三間しかない。

不破は一階のサロン風の広い居間に戻った。

ソファセットや調度品は値の張る物ばかりだった。ワゴンには、あらゆる種類の酒が載っている。

だが、およそ品のない居間だった。

ソファには、虎やピューマの毛皮が敷かれている。アクセントラグに使われているのは、白熊の毛皮だった。

数頭分を繋ぎ合わせた敷きものだ。わざわざ特別に誂《あつら》えさせたのだろう。大鷲の剝《はく》製《せい》もあった。

飾り暖炉《だんろ》は天然の大理石だった。

マントルピースの中には、薪《まき》が積み上げられている。単なる飾り物だ。

居間には、大型の空調機器が取り付けられている。いまは作動していなかった。

マントルピースの横に、ゴルフクラブのバッグがあった。

不破はバッグを開け、クラブを一本引き抜いた。

超高級品のアイアンだった。それを手にして、不破はソファに腰かけた。

十数分待つと、庭の方から笑い声が響いてきた。

鶴岡たちの話し声が次第に高くなった。寝室で戯《たわむ》れ合う気になったのかもしれない。

不破はソファから立ち上がり、そっと居間を出た。廊下にたたずみ、耳に神経を集める。

二人がテラスから居間に入ってきた。

「マーちゃん、サウナに入ろうよ」

鶴岡の声だろう。嗄《しゃが》れていた。

「また、悪さする気なんでしょ？　サウナの中で興奮させられると、ぼく、息が詰まっちゃって大変なんだからあ」

「安心しなさい。マーちゃんの厭《いや》がることは絶対にせんよ」

「ほんと？　いつもそう言ってるけど、約束破ってばかりなんだもん」

美少年が舌足らずな喋り方をして、忍び笑いをした。媚《こび》を含んだ笑い声だった。

不破は、またもや胸に不快感を覚えた。

急いで、奥歯をきつく噛んだ。そうしなければ、胃の中のものが迫《せ》り上がってきそうだった。

二人の足音が遠のいた。

サウナ室に向かったようだ。

不破は動かなかった。鶴岡たちを無防備な状態にしておくほうが何かと都合がいい。
五、六分してから、不破は行動を起こした。
サウナ室は浴室と隣り合わせになっていた。どちらにも行き来できる造りになっている。

浴室には、二つの浴槽があった。小さいほうは水風呂のようだ。

不破はサウナ室の扉の前に立った。

蒸気の音に、圧《お》し殺した呻き声が混じった。激しい呼吸音も聞こえた。どうやら鶴岡たちは、暗い愉悦《ゆえつ》を味わいはじめているらしかった。

野郎同士のじゃれ合いなど見たくもないが、いまがチャンスだ。

不破は重厚な木製の扉を開けた。

視界が白く塗り潰《つぶ》された。数秒間、何も見えなかった。湯気に切れ目ができると、サウナ室の中が見えるようになった。

鶴岡は少年の両手を壁に預けさせ、後ろの部分を貫いていた。

その右手は、少年のペニスを握っている。少年の昂《たか》まりは天井を仰《あお》いでいた。不破は空咳《からぜき》をした。

二人が体の動きを止めた。

不破はアイアンクラブのヘッドを鶴岡の貧弱な肩に載《の》せた。鶴岡が、ぎょっとした。

「そのまま動くな。おれに歯向《はむ》かったら、アイアンで脳天をぐちゃぐちゃにしちまうぞ」

「おまえは不破だな？」

「牧村におれの名を教えられたようだな。奴に警戒しろって言われてたんじゃないのかっ」

不破は言った。鶴岡は何も喋らなかった。

「誰なの、その人？」

美少年が鶴岡に訊いた。昴まりは萎《しぼ》んでいた。

「マーちゃんは心配しなくていいんだ」

「でも、このままじゃ、恥ずかしいな。ねえ、何とかして」

「よし、よし。わかった、何とかしよう」

鶴岡は少年に優しく言い、すぐに不破に声をかけてきた。

「おい、きみにだって、惻隠《そくいん》の情はあるだろう？　逃げやしない。だから……」

「いいだろう。早く離れろ！」

不破はアイアンクラブを浮かせた。

鶴岡が腰を引いた。黒ずんだ性器は、ほとんど力を失っていた。美少年がベンチから二枚のタオルを摑み上げた。

鶴岡が渡されたタオルで股間を覆った。少年もベンチに腰かけ、性器を隠した。

「きみはここにいろ」

不破は美少年に命じ、鶴岡を脱衣室に引きずり出した。

鶴岡は観念した顔つきだった。たるんだ皮膚は、はっきりと老いを物語っていた。

小腹だけが突き出ていた。両腕の筋肉は、すっかり衰えている。醜悪そのものだった。

不破は、鶴岡に柄のポロセーターとスラックスをまとわせた。

鶴岡は自分の迂闊《うかつ》さに腹を立てている様子だった。

不破はゴルフクラブで脅しながら、鶴岡を居間に連れ戻した。美少年には逃げ出すだけの勇気はないと判断したからだ。

鶴岡を絨毯《じゅうたん》の上に直《じか》に坐らせた。不破は立ったままだった。

「何を喋らせたいんだね？」

鶴岡が金壺眼《かなつぼまなこ》を向けてきた。濡れた前髪は、狭い額にへばりついていた。

「『片桐エンタープライズ』潰《つぶ》しに、ひと役買ったな？」

「片桐洋介の密輸疑惑を記事にしたが、あれは裏付けがあるんだよ。だから、こっちも裁判で争うことにしたんだ」

「薄汚《ぎたね》え野郎だっ」

不破はアイアンを軽く振った。ヘッドは鶴岡の腹に当たった。肉が鳴った。

鶴岡が前屈《かが》みになって、野太く唸った。

「突っ張ってると、あんたとマーちゃんの尻《けつ》の穴にクラブのヘッドをぶち込むぜ」

「マ、マーちゃんには手を出すな。あの子は、実の孫より大事なんだ」

「だったら、早く吐くんだな！」

「わかった。牧村に頼まれて、あの記事をうちの有吉って男に書かせたんだよ」

「いくら貰った？」

「三百万だ。そのあと金融筋に送りつけた怪文書の謝礼は、二百万円だったかな」

「片桐の取引銀行に圧力や脅しをかけたのも、あんたなんだろっ」

不破は声を尖《とが》らせた。鶴岡が手を横に振りながら、焦《あせ》り気味に訴えた。

「それは違う、違うんだ。わたしは銀行の役員たちの弱みを牧村に教えてやっただけなんだよ。そのあとのことは、牧村自身がやったんだ」

「船荷にベレッタやコカインを紛《まぎ》れ込ませたのは、どっちなんだ？」

「それも牧村だよ。税関の職員に金を握らせて、さも荷の中に品物《ブツ》が入ってたように芝居をさせたらしい」

「牧村は自殺に見せかけて、片桐洋介を殺《や》っちまったんじゃないのかっ。自殺にしては、少し不自然なところがある」

「まさか牧村だって、そこまではやらんだろう」

「そいつはわからないぜ。ところで、『シャレード』のママのことは知ってるな？」

不破は訊いた。

「ああ。その店なら、牧村と一緒に何度か行ったことがあるよ」

「牧村は常連客のようだが、ママとできてるのか？」

「さあ、そこまではわからんね。ママを気に入ってるようだったが……」

「牧村が面倒を見てる女がいるんだろ？　あんたなら、知ってるはずだっ」

「いや、知らんよ。牧村は、いつも弱みを見せようとしないからね。酔ったように振る舞っていても、あの男は常に冷徹なんだ。他人にキンタマを握らせるような奴じゃない」

「あんたは握りすぎだ。別の意味だがな」

「え？　なんだ、そういう意味か」

鶴岡が口許《くちもと》をだらしなく緩《ゆる》めた。

「石津智彦って名前に聞き覚えは？」

「ないな。何者なんだね？」

「知らなきゃ、それでいいんだ。牧村の口からも、その名を聞いたことはないんだなっ」

「ああ、一度もないよ」

「そうか。東京の牧村に電話しろ」

不破はアイアンクラブのヘッドを鶴岡の腋の下に潜《くぐ》らせ、軽く引っ張り上げた。

「何を考えてるんだ⁉」

「とにかく、電話しろ。牧村が電話口に出たら、おれが替わる」

「わかったよ」

鶴岡が腋の下を撫で摩《さす》りながら、サイドテーブルに歩み寄った。

不破は、鶴岡のそばにたたずんだ。

鶴岡がソファに浅く腰かけ、電話機のタッチ・コールボタンを押しはじめた。

電話簿は見なかった。ちょくちょく牧村に連絡をしているのだろう。

鶴岡が短い遣《や》り取りをしてから、無言で受話器を差し出した。

不破はそれを受け取って、耳に当てた。

「牧村、おれが誰だかわかるなっ」

「〝麻薬犬〟だろ?」

「そのありがたくねえ渾名《あだな》を知ってるとこをみると、新宿署の連中とだいぶ馴《な》れ合いつづけてきたたな。〝麻薬犬〟なんて陰口は、署内だけで通用してたんだ」

「用件を言え」

「鶴岡を押さえたぜ。いま、宇佐美の別荘にお邪魔してるってわけだ。鶴岡は自供《ゲロ》したよ。おまえに頼まれて、片桐を陥れる記事を『経営界ジャーナル』に載せたことをな」

「だから?」

「ひとりだけで、ここに来てもらおう。さもなきゃ、鶴岡を半殺しにするぜ」

「好きなようにやれや。あのおっさんにゃ、もう用はねえからな。いっそ殺しちゃってくれ」

「それじゃ、鶴岡を証人にして、おまえを告発してやろう」

「なんでも好きなことをやりゃいい。おれは疚《やま》しいことなんか、何もしちゃいねえ」

「昔の事件《ヤマ》みてえにゃいかねえぞ。おれは、もう現職じゃないんだ。その気になりゃ、おまえを殺《や》ることだってできる」

「一匹狼を気取ってるつもりか。尾行も満足にできなくなった元刑事に何ができるってんだ。笑わせるんじゃねえっ」

牧村が低く吼《ほ》え、電話を切ってしまった。

不破は舌打ちして、鶴岡を睨みつけた。すると、鶴岡が怯《おび》えた声で言った。

「短気を起こすな。わたしを殺したって、牧村はビビらんぞ」

「勘違いするな。殺しやしない。少し痛い目に遭《あ》わせるだけだ。マーちゃんに介抱してもらえ」

不破はアイアンクラブで、鶴岡の肩を叩いた。ヘッドが大きく弾《はず》んだ。

鶴岡が悲鳴を放ち、ソファから転げ落ちた。

不破はアイアンクラブを足許に落とし、玄関に足を向けた。速足《はやあし》だった。

2

車を停《と》めた。

白い鉄柵の前だった。久我山の小夜子の自宅だ。

ガレージには、プジョーが納められている。小ぎれいな家だった。庭も広い。

不破は車から出た。

午後三時過ぎだった。宇佐美に出かけた翌日だ。

不破は門柱に歩み寄り、インターフォンを鳴らした。

ややあって、スピーカーから小夜子の声が流れてきた。しっとりとした声だった。

不破は名乗った。小夜子が、すぐに門まで迎え出てくれた。ゆったりとした紺のシルクブラウスを着ていた。下は、砂色のフレアスカートだった。

「急にお訪ねして迷惑だったかな？」

「いいえ。何か？」

不破は先に口を開いた。

「少し訊《き》きたいことがあるんです」

「そうですか。どうぞお入りになって」

小夜子がにこやかに言って、門扉《もんぴ》の錠を外した。

不破はアプローチを進んだ。

洋風の白い家屋は奥まった場所に建っていた。庭は、青々とした芝生で埋まっている。敷地は百坪前後だろう。あたりは、閑静な住宅街だった。

家の中に入る。

玄関ホールのすぐ横に、十五畳ほどの応接間があった。不破は、その部屋に通された。

「ハーブティーでも、いかがでしょう?」

「話をうかがう前に、ご主人にお線香をあげさせてください」

「仏壇はないんです。片桐もわたしも、無宗教ですので」

「そうですか」

「でも、わたしの寝室に夫の遺影を飾ってあります」

「ご主人の顔を見てみたいが、まさかあなたの寝室に入るわけにはいかないな」

「いま、アルバムを持ってきます」

小夜子が応接間から出ていった。

不破は煙草に火を点けた。紫煙をくゆらせながら、ぼんやりと室内を眺める。

家具や調度品は地味ながら、決して安物ではなかった。殴り仕上げの白壁《しらかべ》には、著名な版画家の作品が掲《かか》げられている。

煙草の火を消したとき、小夜子が戻ってきた。

アルバムを抱《かか》えている。すぐに彼女は応接間を出て、ダイニングキッチンに足を向けた。

不破はアルバムを繰《く》りはじめた。

最初の頁《ページ》には、新婚旅行中の写真が貼《は》られていた。背景は、どれもヨーロッパの名所だった。

片桐洋介は、想像していた人物に近かった。いかにも育ちのよさそうな風貌だった。上背もあって、見映えがする。

写真の中の夫婦は、幸せそうに見えた。

何頁めかに、石津の写真もあった。片桐洋介とクルージングやハンティングを愉《たの》しんでいるスナップ写真が多かった。

当然のことながら、片桐の先妻の写真は一葉もなかった。また、彼の父母の写真も貼られていない。

小夜子がハーブティーを運んできた。

二つのティーカップをコーヒーテーブルに置くと、彼女は不破の前のソファに腰かけた。脚《あし》はぴったりと合わされ、やや斜めに流されている。

成熟した女のゆとりを感じさせる坐り方だった。優美に映った。

「ご主人、なかなか魅力的な方だったんだな。あなたとは似合いのカップルだと思いますよ」

不破はそう言いながら、アルバムを閉じた。

小夜子が嬉しそうに笑い、不破を促《うなが》すような目を向けてきた。不破は、これまでの経過をつぶさに話した。

「やっぱり、牧村義樹が鶴岡公盛を使って、片桐を嵌《は》めたんですね」

「牧村は罪を認めようとしませんでしたが、鶴岡の話に嘘はないと思います。いずれチャンスを見て、牧村を締め上げるつもりです」

「夫が殺されたかもしれないという話は、どうなんでしょう？」

小夜子がティーカップを抓《つま》み上げた。

「もう少し時間をください。必ず解明します。ところで、里香の話をどう思われます？」

「義父《ちち》が力ずくで里香さんを辱《はずかし》めたなんて、とても信じられません。いくらなんでも、自分の息子の妻に邪《よこしま》な気持ちを抱くなんて」

「確かに里香の話は嘘っぽい。しかし、彼女は非常に婀娜《あだ》っぽいんですよね。色目を使われたら、つい理性を忘れてしまうということもあるんじゃないだろうか」

「ですけど……」

「卓造さんは奥さんを亡くされてたわけだから、魔がさしたとも考えられなくはない」

「不破さん、やめてください。義父は、もう若くないんです。そんな性衝動に負けるなんてことは考えられません」

「あなたには男の生理がわからないんでしょう。昔と違って、いまの六十代前半はまだ老人じゃありません。少なくとも、性的に枯れ切ってるとは言えないんです」

「そうだとしても……」

「里香のような熟《う》れた女に誘惑されたら、その気になってしまうかもしれない」

不破はそう言って、ハーブティーを啜《すす》った。

香りは強かったが、それほどうまいものではなかった。紅茶のほうがましだった。

「誘惑って、どういう意味ですの？」

「これは勘なんですが、里香は何か企《たくら》みがあって、卓造さんをその気にさせたんじゃないかという気がしはじめてるんです」

「そう思われるのは、どうしてなんです？」

小夜子が問いかけてきた。

「彼女、自分には切り札があるような言い方をしてたんです。それで、ひょっとしたら、何か企んで卓造さんに罠を仕掛けたんじゃないかと思ったわけです」

「切り札って、なんなのかしら？」

「考えられるのは、情事の録音テープの類《たぐい》だろうね。里香は卓造さんを巧《たく》みに唆し、組み敷かれたときの物音や声をこっそりテープに録音してたのかもしれない」

「そうだとしたら、怕《こわ》い女性《ひと》だわ」

「それから里香は石津氏とは離婚後に親しくなったと言ってたが、それも事実かどうか怪しいね」

「というと、片桐の妻だったころから、すでに石津さんと深い関係だったと？」

「そうとも考えられる」

不破はいったん言葉を切って、すぐに言い継《つ》いだ。

「里香は、ほかにも嘘をついてるかもしれない。彼女は牧村のことを単なる客だと言ってたが、果たして、その通りなのかどうか」

「姉妹店のスポンサーは、牧村義樹なんじゃないのかしら？」

小夜子が言った。

「何か裏付けめいたものがあるのかな」

「ええ、ちょっと。きのう、夫の遺品を整理していたら、石津さんの借用証が見つかったんです」

「ご主人、石津氏にどのくらいの額を貸したんです？」

「七百万円です」

「その借用証、見せてもらえないか」

不破は頼んだ。

小夜子が快諾《かいだく》し、ソファから立ち上がった。応接間を出て、二階に上がっていく。

借用証がこの家にあるということは、石津はまだ金を返してないにちがいない。そんな状態にある男が、里香に姉妹店を持たせてやれるものなのだろうか。

不破は素朴な疑問を覚えた。

石津が不振のサーフィンショップを畳んでいないとしたら、金の工面はできないはずだ。石津は里香に唆されて、片桐卓造から開店資金をせびり取ったのか。あるいは、里香のスポンサーは牧村なのだろうか。

少し経つと、小夜子が応接間に戻ってきた。

不破は借用証に目を通した。

石津が借金をしたのは、去年の三月だった。返済期日は、半年後の九月となっていた。石津の署名があり、実印も捺《お》されている。

「ご主人から、この件に関することは何も聞いてなかったんですね？」

「ええ。それを見て、とても驚きました。石津さんがお金に困っているようには見えなかったものですから。現に石津さんは主人が高利の借金に苦しめられているとき、ずいぶん多額の事業資金を融資してくれるとおっしゃってくれたんです。変ですね」

小夜子が小首を傾《かし》げた。

「ご主人が亡くなったのは、返済期日の半月後だな」

「ええ、そうです」

「ご主人は法人資産を牧村に押さえられてしまったから、当然、金銭的な余裕はなかったはずだ。友人の石津氏にも、金の催促をしたと考えられるな」

「催促したかどうかはわかりません。片桐は、石津さんと兄弟のようなつき合い方をしていましたので」

「つまり、貸した七百万円は取り立てる気はなかったと？」

「ええ、多分ね。夫は金銭よりも、人間関係を大切にするタイプだったんです」

「いまどき珍しいタイプだが、わたしもそうありたいですね。金に振り回されてる現代人が多過ぎます。金は所詮、金です。リッチになれば、快適な生活はできる。しかし、それで必ずしも幸福になれるわけじゃない」

不破は長々と喋り、急に自分の青っぽさが気恥ずかしくなった。

「わたしも、まったく同じ考えです」

「年甲斐《としがい》もなく力《りき》んでしまって、なんか照れ臭いな」

「照れることはないんじゃありません？」

小夜子の声音《こわね》は優しかった。深い色をたたえた瞳は、小さくほほえんでいた。

「この借用証、二、三日預からせてもらえないだろうか」

「どうなさるおつもりなの？」

「石津氏に訊きたいことがあるんですよ。ついでに、貸したお金を取り立ててやってもいいが……」

「その件には、わたし、タッチしてませんので、お金のほうは回収していただかなくても結構です」

「欲がないんだな、あなたは」

不破は笑顔で言い、煙草をくわえた。

「この家が売れれば、少し手許《てもと》にお金が残りますから」

「家の売却依頼はどこに？」

「西急不動産の渋谷営業所にお願いしてあるんです、専任媒介《せんにんばいかい》依頼で。だけど、おいそれとは売れないようです。たまに家を見に来る方はいるんですけどね」

「想像以上に不動産取引が少なくなってるようだな。それはそうと、借用証、お借りしてもいいんだろうか」

「ええ、どうぞ」

小夜子がうなずき、ハーブティーを口に運んだ。上品な飲み方だった。

不破は借用証を折り畳み、ウールジャケットの内ポケットに収めた。

「ハーブティー、あまりお好きじゃないみたいですね。コーヒー、淹《い》れましょう」

「もうお構いなく。それより、ちょっと確認しておきたいことがあるんです」

「なんでしょう？」

「ご主人が自殺された晩、愛車のベンツは使われなかったんですね？」

「はい、朝までカーポートにありました。わたしが入浴中に、片桐はそっと家を抜け出したんだと思います。あるいは、誰かに家から連れ出されたのかもしれません。もし夫が殺されたんだとしたら、きっとそうだと思います」

「ガン・ロッカーからレミントンの水平式二連銃が消えてたことに気づいたのは、翌朝になってからでしたね？」

「ええ。それから間もなく、赤坂署から主人が猟銃自殺したという電話がかかってきたんです」

「警察は司法解剖はしなかったという話だったが、あなたが遺体と対面したとき、何か薬品の匂いはしなかった？」

「ええ、しませんでした」

「家でご主人の体をアルコールで清められたんでしょ？」

「はい」

小夜子が神妙な面持《おもも》ちでうなずいた。

「そのとき、首筋のあたりに火傷《やけど》の痕は？」

「さあ、気づきませんでした」

「ベンツは、いつ処分されたんです？」

「去年の十二月の上旬でした」

「そう」

不破は肩を落とした。新たな手がかりを得られるかもしれないという淡い期待は、打ち砕《くだ》かれてしまった。

「不破さん、ビールにしましょうか。わたし、最近、寝つきが悪いんで、毎晩飲んでいますの」

「明るいうちはやめときましょう。飲み出したら、止まらなくなりそうなんでね。それより、ガン・ロッカーを見せてもらえないか」

「もう銃ごと処分してしまったんです。ロッカーや猟銃を見ると、どうしても夫のことを思い出してしまうでしょ？」

「そうだろうね。つまらないことを言い出して、悪かったな」

「いいえ、いいんです」

小夜子が小さく手を泳がせた。

会話が途絶《とだ》えた。それを汐《しお》に、不破は辞去することにした。小夜子は名残《なごり》惜しげな風情《ふぜい》だったが、何も言わなかった。

不破は小夜子に別れを告げ、車を近くの久我山街道に走らせた。浜田山で井の頭通りに乗り入れ、甲州街道を突っ切った。富ケ谷の交差点を右折し、桜丘町にたどり着いた。

石津に会って、借用証や里香との関係を問い詰めるつもりだ。

不破は、目的のビルの少し手前の路上に車を駐《と》めた。ビルの玄関に向かいかけたとき、地下駐車場から黒いジャガーが滑り出てきた。

ステアリングを操《あやつ》っているのは石津だった。助手席には、秘書の尾花未沙が坐っている。

不破はジャガーの前に飛び出した。

石津が車を停めた。タイヤが軋《きし》んだ。不破はジャガーの運転席側に回った。

「危ないじゃないかっ」

石津がウインドーシールドを下げ、大声で詰《なじ》った。

「すみません。ちょっと話があるんです。五分ほど時間をください」

「先を急いでるんだ。どいてくれ」

「これについて、話をうかがいたいんですよ」

不破は上着のポケットから借用証を摑み出し、石津に突きつけた。

石津が口の中で短い叫びをあげ、借用証を引ったくろうとした。不破は石津の手を払い、素早くドア・ロックを解《と》いた。

ドアを開けたとき、石津がジャガーを急発進させかけた。不破は石津の頭を小突き、シートベルトを外した。

「な、なにする気なんだっ」

「あんたこそ、危ないじゃないか」

不破は石津をジャガーから引きずり出し、スロープの壁に押しつけた。

「いったい、なんのつもりなんだ！」

「あんた、片桐氏から借りた金をまだ返してないな。片桐氏は返済期限の半月後に死んでる。おれは、それがどうも気になってね」

「借りた金は、去年の夏に全額返した」

「なら、この借用証が片桐氏の家にあったことをどう説明する？」

「片桐君とわたしは親しくしてたんだ。借用証を悪用されることはないと思ったから、そのまま放っといたんだよ。妙な言いがかりをつけると、こっちだって、それなりの手段をとるぞ」

石津が息を弾ませながら、大声で息巻《いきま》いた。

「愛人の神谷里香を通じて、新宿の牧村組の組長に泣きつくつもりか。それとも、あんたは牧村義樹をすでに知ってるのかな？」

「なんの話をしてるんだっ。その二人は何者なんだ？」

「牧村のことはともかく、『シャレード』のママのことまで空とぼけることはないじゃないか。あんたと里香のことは、もう調べ上げてあるんだ」

「えええっ」

「あんた、里香に姉妹店を出してやるんだってな。その資金は、どこでどう都合《つごう》をつけたんだい？」

不破は言うなり、石津の足を払った。

石津が横倒しに転がった。不破は借用証を内ポケットに戻した。

その直後、首筋に重い衝撃を覚えた。体がふらついた。

体ごと振り向くと、すぐ目の前に尾花未沙が立っていた。クリーム色のパンツスーツ姿だった。

「社長に乱暴をすると、また手刀《しゅとう》をお見舞いしますよ」

「きみが、いま、おれの首に手刀を⁉」

「そうです。あなたが暴力を使うなら、こちらも護身術を使うことになります」

「きみは単なる秘書じゃなく、女用心棒だったのか。どんな格闘技を心得てるのか知らないが、女だてらに荒っぽいことはやらないほうがいい」

不破は石津に視線を戻した。

そのとき、空気が揺れた。次の瞬間、不破の体は泳いでいた。少差し込み足で一気に間合いを詰めてきた未沙に、足刀蹴《そくとう》りを浴びせられたのだ。少林寺拳法の足技《あしわざ》だった。

不破はスロープに転がった。

半身を起こしかけたとき、今度は顔面に裏拳《うらけん》打ちを叩き込まれた。眉間が痺《しび》れ、目から火花が散った。

パンプスの音が高く響いた。

不破は立ち上がった。ちょうど未沙がジャガーの助手席のドアを閉めたところだった。ほとんど同時に、石津が車を急発進させた。

不破は追った。

スロープを駆け上がったとき、ジャガーはとうに遠のいていた。もう追跡はできそうもない。

相手が女だと思って、油断し過ぎたようだ。

不破は、服の埃《ほこり》をはたき落としはじめた。

3

背中に銃口を突きつけられた。

感触で、すぐにわかった。口径は大きい。

不破は一瞬、体が竦《すく》んだ。

『ユニゾン』のある雑居ビルの地下駐車場のエレベーター乗り場だった。渋谷の桜丘町から新宿に回り、少し店でモニターを眺める気でいた。

「騒いだら、撃《ハジ》くぜ」

後ろで、男の声が告げた。

「牧村組だな？」

「ああ。組長《オヤジ》が、おめえに会いてえってさ」

「牧村はどこにいるんだ？」

不破は体を反転させた。

眼前に、プロレスラー並の大男が立っていた。右腕に白っぽいコートを引っ掛けている。コートの端から、やや短めの銃身《バレル》が覗いていた。S&W《スミス　ウエッソン》のM559だった。

銃把《グリップ》の太い自動拳銃だ。

複列式弾倉《ダブルコラム・マガジン》だった。弾倉には十四発の九ミリ弾が収まる。予《あらかじ》め初弾を薬室《チエンバー》に送り込んでおけば、併《あわ》せて十五発も装弾できる大型拳銃だ。グリップが太いため、平均以上に指が長くなければ、引き金《トリガー》は絞り切れない。大男
には、ふさわしい拳銃だった。

「歩きな。おれの車に乗るんだ」
大男が顔を横に振った。
不破は命令に従った。地下駐車場のスロープのそばに、大男のリンカーン・コンチ
ネンタルが駐《と》めてあった。車体は象牙色で、年式はだいぶ旧《ふる》かった。
「時代遅れなアメ車に乗ってるな。遣り繰《シノギ》りがきついんだったら、おれの店で使って
やってもいいぞ。ただし、便所掃除だがね」
「なめんじゃねえ！　おめえが運転しな」
大男が少し腰を落として、銃把を両手で握った。いつでも撃てる姿勢だった。
不破は、いくらか緊張した。
大男はM559を実射したことがあるようだ。銃身の長い四十五口径は、反動が腕全体
や肩にくる。それはダイレクトな衝撃だった。
しかし、M559の場合はまず手首に鋭いキックが伝わってくる。銃把の握り方が甘い
と、反動で手首の骨を傷《いた》めてしまう。

不破は年に二、三度、ロサンゼルスやハワイの射撃場《シューティング・レンジ》で各種の拳銃《ハンドガン》を撃ちまくっている。M559は、チーフズ・スペシャルとは比較にならないほど迫力があった。

「もたもたするんじゃねえ」

大男が苛立《いらだ》った。

不破は狼のような鋭い目を眇《すが》め、リンカーン・コンチネンタルの運転席に入った。

大男が素早く助手席に乗り込んできた。

すぐに銃口が不破の脇腹に押し当てられた。

「おい、逃げようなんて考えるなよ。急ブレーキをかけた瞬間、体に穴が開くぜ」

「逃げやしない。おれも牧村に会いたいと思ってたとこだ」

不破はイグニッションキーを勢いよく捻《ひね》った。

エンジンが重々しく咆哮《ほうこう》した。AT車だった。

「組の事務所まで走らせろ。場所、わかってんだろ?」

「歌舞伎町は庭みたいなもんだ」

「早く車を出しな」

巨身の男が急《せ》かした。

不破は、わざと車を乱暴に発進させた。大男がのけ反り、無言で睨《にら》みつけてきた。

不破は引き締まった唇を歪め、ばかでかいアメリカ車を走路に進めた。

区役所通りを左に曲がる。数百メートル走り、風林会館の少し先で左折した。道の両側には、夥《おびただ》しい数の飲食店が並んでいる。日本人向けのスナックやバーに混じって、フィリピンパブ、中国クラブ、韓国クラブ、タイパブなどの軒灯も瞬《また》いている。

路上に、暴力団員の姿はほとんどない。暴力団対策法が施行されて以来、歌舞伎町は明るくなったように見える。だが、暴力団がこの街を支配していることには変わりがなかった。いまも、大小の組事務所が百八十近く歌舞伎町にある。堂々と組の看板を掲《かか》げているところは、めったにない。

新法で代紋を掲げることすら禁じられてしまったからだ。しかし、やくざたちもしぶとい。雀荘、ゲーム喫茶、不動産屋などの看板を隠れ蓑《みの》にして、従来通りの活動をしている組織が多かった。牧村組も芸能プロダクションの看板を掲げているはずだ。

ほどなく星和ビルが見えてきた。

六階建てのビルだった。一階はアダルトビデオの店になっている。牧村組の事務所は、最上階にあった。

不破は星和ビルの前に車を停めた。

ビデオショップには、客がいなかった。チンピラっぽい店員が所在なげに煙草を吹かしている。この店の経営者も牧村だった。

「降りな」

大男が助手席のドアを開け、低く言った。

不破はエンジンを切って、大型車から出た。すぐに大男が不破の背後に回った。黙って銃口で背を押した。

不破は先に星和ビルに入った。

エレベーターは一基しかなかった。天井近くに監視カメラが設置されている。おおかた牧村組が取り付けたのだろう。

エレベーターで六階に上がる。

牧村組の事務所だけしかない。やはり、ドアには芸能プロダクション名しか記されていなかった。

大男に押されて、不破は事務所に足を踏み入れた。

数人の組員が花札で遊んでいた。数卓のスチールデスクとキャビネットが置かれているが、およそオフィスというたたずまいではない。

壁には組の看板が飾られ、かなりの数の提灯《ちようちん》が仰々《ぎようぎよう》しく掲げられている。神棚もあった。〝仁俠道〟と墨書されたものが、細長い額に納まってもいた。

「こっちだ」

大男に肩を摑まれ、不破は奥の部屋に連れ込まれた。

牧村義樹が大きな執務机《しつむづくえ》に向かって、帳簿に目を落としていた。机の脇には、甲冑《かっちゅう》がひと揃い鎮座している。

総革張りの応接セットのソファには、人斬り寛治が腰かけていた。トレードマークの釣竿ケースは膝の上にあった。相変わらず、凶暴そうな面構えをしている。

「まあ、坐れよ」

牧村が立ち上がって、大男に目配せした。

大男がパイプ椅子を不破の前に置いた。不破は椅子に腰かけさせられ、背凭《せもた》れの後ろで手錠を掛けられた。本物そっくりの模造手錠だった。

マニア向けのポリスグッズの店で売られている模造品だろう。

「元刑事が手錠《ワッパ》ぶつ込まれてらあ。漫画だな」

寛治が、せせら笑った。不破は黙殺して、牧村に皮肉を浴びせた。

「お招きいただいて、嬉しいよ。ありがたくて、涙が出そうだ」

「負けん気が強いな」

「そっちの狙いは何なんだ？」

「まずは、いいものを観《み》せてやろう」

牧村が言って、黒い大型テレビに視線を向けた。

大男がテレビの前に走り、ＤＶＤレコーダーにＤＶＤを入れた。

やがて、画像が映し出された。

不破は声を放ちそうになった。あろうことか、自分と里香の交合シーンが鮮明に捉えられていた。

先夜の情事だ。不破は里香の尻にステンレスの文化庖丁を突きつけながら、ダイナミックに腰を躍《おど》らせている。見ようによっては、里香を犯しているようにも映った。

不破は密かに自分を呪《のろ》った。

たやすく里香の罠に嵌《は》まってしまったことが情けない。里香の寝室にビデオカメラが仕掛けられているとは、露《つゆ》ほども疑ってみなかった。

「『シャレード』のママ、悔《くや》しがってたよ。変態に自由を奪われて、さんざん体を弄《もてあそ》ばれたってな」

牧村がにやにやしながら、そう言った。

「あの女は、あんたともできてたのか」

「おい、おい、そいつは誤解だ。おれは、ただの相談相手さ。ママの裸は、画像で初めて拝ませてもらったんだ。ママのお味は、どうだった？」

「腐った野郎だっ」

不破は高く叫んだ。

「ママはＤＶＤを持って警察に行くって、大騒ぎしてんだよ。そうなりゃ、あんたは本物《モノホン》の手錠《ワッパ》打たれることになるな」

「やれるものなら、やってみろ！　捜査のプロがその画像を観《み》りゃ、すぐに仕組まれた強姦《ツッコミ》だって見抜くはずだ。警察の人間も、ばかじゃない」

「確かにな。しかし、銭《ぜに》に弱い奴もいるぜ。場合によっては、白いものを黒くもしてくれる。くっくっく」

「東西相互銀行の役員殺しの事件《ヤマ》は、その逆だったわけだ。それできさまは、恐喝罪と殺人教唆罪を免れたんだろ？」

「まだ、そんなことを言ってやがる。しつこい男だ。おれは、あの合併話にゃ首を突っ込んでなかったんだ。悪さのしようがねえだろうが」

「そのうち、必ず自供《ゲロ》させてやる！」

「吐くもんがねえよ。おれの肚《はら》ん中は、いつだって空っぽだからな」

牧村が鳩のように喉の奥を鳴らし、大男に画像を停止させた。

「おれをどうする気なんだっ」

「取引しようじゃねえか」

「なんの取引だ？」

不破は訊いた。

「鶴岡のじいさんから聞いた話をきれいに忘れてくれりゃ、さっきのＤＶＤはくれてやる」

「どうせ何巻か、ダビングしたんだろうが」

「一本も複製してねえよ」

「あいにく、ヤー公の話を鵜《う》呑《の》みにするほどとろくないんだ。取引にゃ応じられないな」

「それじゃ、仕方ねえな」

牧村が顔を強張らせ、人斬り寛治に目で合図を送った。

不破は立ち上がりざまに、牧村の睾丸《こうがん》を蹴り上げた。牧村が両手で股間《こかん》を押さえて、膝から崩れた。

不破は牧村の胸板を蹴り込み、鞘《さや》を払いかけていた寛治を逞《たくま》しい肩で弾いた。寛治がソファに倒れ、床に落ちた。

「てめえ、ぶっ放すぞ！」

大男が自動拳銃を前に突き出した。太い人差し指は、深く引き金に巻きついていた。すでにスライドは引かれている。トリガーが絞られれば、パラベラム弾が疾駆《しっく》してくるだろう。このまま闘っても、勝ち目はなさそうだ。

「わかったよ。おれの負けだ」

不破は誰にともなく言った。

牧村が唸りながら、床に倒れたパイプ椅子を摑み上げた。不破は後ろに退《さ》がった。

そこには、日本刀を構えた寛治がいた。

蕩《とろ》けそうな表情だった。愛刀に人間の血を吸わせたくて、うずうずしていたのだろう。

動きを封じられたとき、牧村が折り畳んだパイプ椅子を水平に泳がせた。

不破は全身の筋肉に力を込めた。パイプ椅子の角は、左の二《に》の腕にぶち当たった。

だが、痛みはさほど強くなかった。

体勢がわずかに崩れたとき、寛治の段平《だんびら》が風を切った。

空気が唸《うな》る。虎落笛《もがりぶえ》の音《ね》に似ていた。

不破は胴に峰打ちを受けた。

腸《はらわた》が熱く灼《や》けた。不覚にも、横倒しに転がってしまった。

大男が拳銃をベルトの下に差し込み、勢いよく走ってきた。目が血走っている。

数秒後、不破は腹を蹴られた。蹴りを躱《かわ》す余裕はなかった。

息が詰まった。また、キックが飛んできた。今度は腰だった。

筋者《すじもの》たちは、顔や手の甲など肌を晒《さら》している部分はめったに狙わない。リンチの相手が顔面を腫《は》らしてしまったら、後で面倒なことになるからだ。

その代わり、彼らは見えない急所を徹底的に痛めつける。大男の蹴りは、セオリー通りだった。

不破は歯を喰いしばって、内臓や筋肉の痛みに耐えた。

大男が退《さ》がると、寛治が刀身の峰で不破の肩や背を打ち据えた。いずれも、力の籠《こも》った一撃だった。

不破は打たれるたびに、四肢を縮めた。

「ここに腰かけさせろ」

牧村がパイプ椅子をセットし、大男に命じた。

不破は大男に抱え起こされ、椅子まで運ばれた。全身が疼痛《とうつう》にさいなまれはじめていた。足腰に力が入らない。

「椅子が好きだな」

不破は喘《あえ》ぎながら、声を絞り出した。

「なんだって?」

「片桐洋介もこんなふうに椅子に坐らせてから、口ん中に散弾銃の銃口を突っ込んだんじゃないのかっ」

「奴は、てめえで死んだんだ。寝ぼけたこと言うんじゃねえ」

「片桐は自殺するような奴じゃないらしいぜ。元の従業員たちの話じゃな。そっちが自殺と見せかけて殺《や》ったんじゃないのか？」

「ばかを言うな。文無しになった坊ちゃん社長を消したって、なんのメリットもねえさ。おれはこう見えても、商学部出なんだ。いつだって、頭ん中じゃ、バランスシートを考えてる」

「動機がないわけじゃない。おまえは不法な手段で、片桐の借金の年利を吊り上げてったらしいからな。片桐が訴え出りゃ、恐喝罪も成立する」

「恐喝罪が怕《こわ》くて、この稼業やれるかよ。それに、恐喝《カツアゲ》と殺人《コロシ》じゃ、重さが違う。それがわからねえほど頭《ペテン》は悪くねえぜ」

牧村が歪《いびつ》な笑みを拡《ひろ》げ、葉煙草《シガリロ》に火を点けた。

「おれにも煙草を喫《す》わせてくれ。ニコチンが切れると、苛《いら》ついてくるんだ」

「いい度胸してやがる。これでいいな？」

「ああ」

不破はうなずき、片足を少し前に出した。

牧村が近寄ってきたら、足払いで倒す気でいた。組長を楯《たて》にして、ひとまず敵の牙城から逃《のが》れるつもりだった。

「おっと手許《てもと》が狂っちまった」

牧村がへっぴり腰になり、不破の右の膝頭に煙草の火を押しつけた。火の粉が舞い散る。

不破は飛び上がりそうになった。スラックスが焼け焦《こ》げ、皮膚は赤く爛《ただ》れていた。

「まだ元気があり余ってるらしいな。小便垂らすまで、痛めつけてやろう」

牧村が二人の組員を目顔《めがお》で促した。

人斬り寛治が前に回り込んできて、日本刀の切っ先を不破の眉間に当てた。刃の冷たさが不気味だった。心臓が縮まった。

大男が針金で、不破の体をパイプ椅子に括《くく》りつけた。両足首も針金で、きつく縛られた。頭には、頭巾《ずきん》のようなものをすっぽりと被《かぶ》せられた。布地は割に厚かった。ほとんど何も見えない。

さすがに不破は落ち着かなくなった。

視界が閉《と》ざされると、人間の恐怖心はいたずらに膨らむ。

切っ先が鼻の上を撫で、顎の先まで滑り降りた。不破は金縛りにあったように、身じろぎ一つできなかった。

寛治が数歩後退する気配がした。

すぐに胸筋に、ちくちくとした痛みを感じた。切っ先で軽く突かれたせいだ。

「女みてえなことをする野郎だ。おまえ、かなり生《お》い立《た》ちが暗いらしいな」

不破は言った。喋ることで、不安と恐怖感を遠ざけたかった。

寛治が怒声を発し、不破の鳩尾《みぞおち》に蹴りを入れた。

不破は椅子ごと後ろに倒れた。

寛治と大男が、頭の両側に立ったようだ。不破は左右から、こめかみを交互に靴の先で蹴られた。激痛に見舞われた。

「まるっきりサッカーボールだな」

大男が笑った。寛治も暗い笑い声を響かせた。

蹴られるたびに、不破は頭の芯が霞んだ。

頭蓋骨《ずがいこつ》は軋《きし》み通しだった。耳の後ろも蹴られた。そのつど、聴覚が鈍った。

懸命に体を揺すってみたが、起き上がることはできなかった。

ここで意地を張ったら、半殺しにされるだろう。いったん屈《くっ》した振りをしたほうがよさそうだ。

不破は、そう思った。

しかし、すぐには白旗を掲げることはできなかった。プライドのせいだった。

不破はぎりぎりまで耐えてから、大声で言った。

「もう蹴るな。おれの負けだよ」

「鶴岡のじいさんの話は、もう何もかも忘れたな？」

牧村が問いかけてきた。

「誰なんだい、鶴岡って？」

「なかなか話がわかるじゃねえか」

「早くおれを起こしてくれ」

不破は怒鳴った。

牧村が短い返事をした。不破は両側から抱き起こされた。

頭巾が取り除かれ、手錠も外された。針金も解《と》かれた。シャツの胸元に、ところどころ血の染《し》みが散っていた。

不破は立ち上がって、牧村に言った。

「レコーダーに入ってるＤＶＤを渡してもらおうか」

「ついさっき、気が変わったんだ。あいつは、まだ渡せねえな」

「まあ、いいさ。どうせ複製の画像だろうからな」

「ほんとに話がわかるな。気に入ったよ。兄弟盃を交わしてえぐれえだぜ」

「カラオケ店が流行《はや》らなくなったら、あんたの世話になろう」

不破は皮肉を返し、牧村組の事務所を出た。

今夜中に決着をつけるつもりだった。エレベーターに乗り込むと、不破は両手の拳《こぶし》を固めた。

4

闇が濃い。

その分、家々の門灯が明るく見える。

不破は公園の暗がりに身を潜《ひそ》めていた。中野区の野方《のがた》だ。公園の斜め前に、牧村義樹の自宅がある。豪邸だった。庭木も多い。

不破は牧村を待ち伏せ、不意を衝《つ》く気だった。

足許には、ポリバケツが置いてある。中身は灯油だ。バケツにはビニールの覆《おお》いを被《かぶ》せてある。引火を防ぐためだった。

不破は黒いジョギングウェアの上に、ポケッタブル・レインコートを着ていた。半透明のビニール製だ。

ここまではタクシーで来た。ポリバケツや灯油を買ったのは、タクシーを降りてからだった。

張り込んでから、すでに二時間が流れている。

不破は蚊に悩まされながら、ひたすら待ちつづけた。待つほかなかった。

体のあちこちが痛い。打撲の疼《うず》きはさほど強くなかったが、日本刀の切っ先で傷つけられた箇所は痛みが鋭かった。傷口にジンを滴《したた》らせたきりで、きちんとした手当てはしていない。

牧村は、女の家にでも泊まる気なのだろうか。

不破は、さすがに焦《じ》れてきた。といって、諦《あきら》める気にはなれなかった。自分を宥《なだ》めながら、辛抱強く待った。

目の前をベントレーが低速で通過していったのは、午前三時過ぎだった。

不破はポリバケツを摑んで、立ち上がった。深呼吸して、逸《はや》る気持ちを鎮《しず》める。

ベントレーが停《と》まった。

不破はバケツの覆いを手で押さえながら、公園の前の通りに走り出た。バケツの中で、灯油が波立った。

牧村の家のガレージの自動シャッターが開いた。

ベントレーがガレージの中に入っていった。不破は爪先《つまさき》に重心をかけて、ガレージまで突っ走った。ジョギングシューズは、ほとんど音をたてなかった。

シャッターが降りはじめた。

不破はポリバケツのビニールの覆いを剝《は》がし、長身を屈《かが》めてシャッターを潜《くぐ》った。

ちょうどそのとき、牧村がベントレーの後部座席から出てきた。

不破は灯油を牧村にぶっかけた。

牧村が奇声を発し、立ち竦んだ。全身、ずぶ濡れだった。ポリバケツを捨てる。

運転席から男が飛び出してきた。

永年《ながねん》、牧村に仕えている中年の組員だった。男は匕首《あいくち》を抜きかけていた。

「二人とも騒ぐな。いま、牧村に浴びせたのは灯油だ。言わなくても、臭《にお》いでわかるだろうがな」

不破はレインコートのポケットから、マッチ箱を取り出した。行きつけのレストランのマッチだった。

「さっきの仕返しってわけか」

牧村が言った。声が上擦《うわず》っていた。

「おれがマッチを一本擦《す》るだけで、あんたは黒焦げになる」

「大木《おおき》、ドスを抜くなよ」

牧村が、運転席から現われた組員に怒鳴った。震え声だった。

大木と呼ばれた男が腰から白鞘《しらさや》を抜き、庭の繁みに投げ捨てた。

「もう何も持ってないよ。組長《オヤジ》に手を出さないでくれ」

「拳銃《チャカ》はどこにある？」

「グローブボックスの中だ。組長《オヤジ》は丸腰だよ」

「そうか。運転席に入れ。おかしな真似をしたら、マッチを擦るからな」

不破は大木に言って、牧村をベントレーの後部座席に押し込んだ。素早く自分も牧村の横に坐る。

大木が運転席に入った。

不破は、大木にグローブボックスを開けさせた。大木が自動拳銃を差し出した。

ベレッタM84だった。イタリア製の高性能拳銃だ。ダブルアクションである。引き金を絞るだけで、ハンマーが自動的に起き、すぐに倒れる仕組みになっていた。

複列式弾倉で、十四発の装弾が可能だった。銃把の両側には光沢のある板が貼られ、Ⓑの刻印が捺《お》されている。ベレッタ社のブランドマークだ。

両側にある安全弁《セーフティ》は、どちらも掛かっていた。

マガジンキャッチのリリースボタンを押し、実包の数を確かめる。九発だった。

「あんた、ベレッタが好きらしいな。片桐洋介の船荷に紛れ込んでたのもベレッタだった……」

不破はベレッタの安全装置を解除して、銃口を牧村の脇腹に突きつけた。

「そっちの要求は何なんだ？」

「さっきのDVDのマスターは、どこにある？」

「組事務所にあるよ。三本のダビングDVDと一緒に保管してあるんだ」

「それじゃ、最初の行き先は組事務所だな」

「大木、車を出せ」

牧村が運転席の男に命じた。

大木が遠隔操作器《リモート・コントローラー》を使って、ガレージの自動シャッターを巻き上げた。ベントレーはバックで路上に出て、歌舞伎町に向かった。

「もう一度訊《き》く。神谷里香とは、どういう関係なんだ？」

不破は問いかけた。

「ママとは、もう切れてるんだ。ほんの半年ほど男と女だった時期があったがな。おれは、ママに振られちまったのさ。でも、いまでもママは嫌いじゃねえ。だから、時々、『シャレード』に通ってんだ」

「あんたが女に振られて、あっさり引き下がるとは思えない」

「やくざだって、人の子だぜ。気持ちの離れた女を腕ずくで繋ぎ留《と》めるなんてことはしねえよ」

「騎士《ナイト》を気取りたいってわけか」

「なんとでも言え」

「里香が片桐洋介の先妻だったってことは、知ってるな？」

「ああ」

牧村がパワーウインドーを下げた。車内に籠もった灯油臭さに耐えられなくなったらしい。あるいは、引火の恐れを感じはじめたのか。

「里香も『片桐エンタープライズ』潰《つぶ》しに一枚噛んでるのか？」

「ママは無関係だ。なんの関わりもねえよ」

「里香を庇《かば》う気か」

「そうじゃねえ。ほんとの話なんだ」

「まあ、いいさ。質問する時間は、たっぷりあるからな」

不破は口を結んだ。

ベントレーは北新宿の裏通りを走っていた。

やがて、星和ビルに着いた。

不破は大木にマスターＤＶＤと三巻の複製画像を事務所に取りに行かせた。自分と牧村は車を降りなかった。

大木は数分で戻ってきた。不破は、紙袋に入った四枚のＤＶＤを受け取った。

「これで、組長《オヤジ》を家に帰らせてやってくださいよ」

大木が低姿勢に言った。

「そうはいかない。『豊栄リース』に向かってくれ」

「会社で何をする気なんです⁉」

「早く車を出せっ」

不破はベレッタM84の銃口を大木の首筋に押し当てた。

ベントレーが走りだした。『豊栄リース』まで、たいした距離は走らなかった。

不破は拳銃で脅しながら、牧村と大木を事務所に押し入れた。従業員は誰もいなかった。

所内に入ると、接客用のカウンターがあった。さほど広い事務所ではなかった。

スチールデスクは四卓だけしかない。ＯＡ機器は最新型のものが多かった。店内には、二台も防犯カメラが設置されている。

奥に、社長室があった。

不破は牧村たちを社長室に連れ込み、カーペットの上に正坐させた。社長室は十五畳ほどのスペースだった。平机、書棚、キャビネットなどが整然と並んでいる。

不破は応接セットのソファに腰かけ、牧村に声をかけた。

「税関の職員を抱き込んで、片桐の船荷に拳銃と麻薬を紛れ込ませたな？」

「おれじゃない。片桐の会社を乗っ取ったことは認めるが、そんなことはやらせちゃいねえよ」

「往生際が悪いな」

不破はマッチを擦って、牧村に投げつけた。

炎は宙で消えたが、腰を浮かせた牧村の顔は強張《こわば》っていた。顔面蒼白だった。頬が引き攣《つ》り、眼球も膨らんでいる。

「正直に答える気がないなら、ここで黒焦げになってもらうぜ」

「わ、わかった。おれがやらせたんだ。そのことを鶴岡のじいさんに記事にさせたのも、おれだよ」

「なぜ、『片桐エンタープライズ』を狙ったんだ?」

「おれは、あのビルのある場所で生まれ育ったんだよ。昔、あそこには、おれの生家があったんだ。しかし、おれの父親は小豆相場でしくじって、他人に家屋敷を取られちまったんだよ」

「あんたの実家を片桐洋介の父親か、祖父が手に入れたのか?」

「いや、そうじゃない。おれの親の家を手に入れたのは、まったく別の人間さ。その後、あの土地は何人かの手を経《へ》て、『片桐エンタープライズ』に渡ったんだ」

「それで?」

「お、おれは社長の片桐洋介が若造なんで、なんとか親父の土地だった所を手に入れたいと思ったわけさ」

「で、片桐を罠に嵌《は》めたんだな?」

「そうだよ」

牧村が答え、坐り直した。足が痺《しび》れたのだろう。

「殺しは？　あんたは片桐が自殺する前日に、彼と口論してるな。証言者がいるんだっ」

「言い争いをしたことはしたよ。しかし、奴を殺しちゃいない」

「何が原因で、諍《いさか》いになったんだ？」

「奴は、片桐は相談役から外したことをくどくどと言いやがったんだ」

「役員として残すと約束したんだろ？」

「約束といっても、口約束だったんだ。最初は奴も役員にしてやるつもりだったんだが、船頭はひとりでいいと思い直したのさ」

「あんたは、旧会社の従業員をいずれ斬り捨てる気なんだろ？　だから、先日も一方的な解雇をした。違《ちが》うか？」

「片桐の事業を引き継いでみたんだが、思うように利益が上がんなくてな。それで、やむなく人員整理をすることにしたんだ」

「とにかく、一方的な首切りはよくない。事情を話して、元社員たちに納得してもらうんだな。さもなきゃ、あんたが片桐洋介にやったことをその筋にリークするぜ」

不破は、またマッチに火を点けた。

牧村が逃げ腰になって、早口で言った。

「そうする、そうするよ。だから、その火を消してくれ」

「いまの言葉を忘れるな」

不破はマッチの炎を吹き消し、近くの灰皿に投げ込んだ。大木と牧村が顔を見合わせ、安堵の息を吐いた。

「安心するのは、まだ早いぜ」

不破はソファから立ち上がって、牧村の前まで歩いた。

「火を点ける気なのか⁉」

「場合によってはな。ほんとうに片桐洋介を殺《や》らせちゃいないいんだなっ」

「く、くどいぜ。何度、同じこと言わせるつもりなんだ！」

牧村が腹立たしげに喚《わめ》いた。

不破は薄く笑って、ベレッタM84の銃把《グリップ》の角で牧村の頭頂部を打ち据えた。

牧村が両手で頭を抱え、尻を床に落とした。指の間から、鮮血が盛り上がる。

「さっきのお返しさ。で、どうなんだ？」

「おれは片桐なんか殺《や》らせちゃいねえ。頼む、信じてくれ！」

「いいだろう。ちゃんと正坐してろ」

不破は言った。すぐに牧村が坐り直した。

「顧客リストと貸付用の帳簿を持ってきてくれ」

不破は大木に言った。

「どこにあるのか、おれは知らないいんだ」

「知らないだと？」

「嘘じゃない」

大木が怯《おび》えた表情で言った。不破は大木の前にしゃがみ、銃身を口の中に突っ込んだ。

「もっと思いっきり口を開けろ」

「は、はい」

大木が言われた通りにした。口が開ききった瞬間、顎《あご》の関節が外れた。

不破は銃身を口中から引き抜いた。大木が涎《よだれ》を流しながら、獣じみた唸り声を放ちはじめた。上体を左右に振っていた。

不破は少し経ってから、大木の外れた関節を元に戻してやった。大木は大粒の涙を零《こぼ》しながら、両手でこめかみを揉んだ。

「早くリストと帳簿を持ってこい！」

不破は大木に鋭く命じた。

大木がよろよろと立ち上がって、キャビネットに走り寄った。

不破はスチールデスクに尻を載《の》せ、ベレッタの銃口を牧村に向けた。牧村の額には、幾条《いくすじ》か血の糸が這《は》っていた。

「ちょっとやりすぎだぜ、これじゃ」

「さっき、おれはもっとひどい目に遭《あ》わされたんだ」

不破は牧村を睨《ね》めつけた。

牧村が視線を外した。大木が顧客リストと帳簿を持ってきた。不破は大木を元の場所に正座させ、リストに目を通した。

なんとリストの中に、石津智彦の名が混じっていた。帳簿を繰《く》ってみた。

石津は去年の八月に一千万円の融資を受け、今年の一月末日に元利ともに一括返済している。金額は一千六百八十二万円だった。

「石津智彦って客のことを教えてくれ」

不破は鎌をかけた。

「確か旅行代理店やレストランを経営してる奴だよ。運転資金を貸してやったんだが、もう返済してもらったはずだ」

「あんた、石津に会ったことがあるのか？」

「あるよ、二、三度な。ゴルフ場のクラブハウスで知り合ったんだ。それが縁で、おれんとこに融資の申し込みをしてきたんだよ」

牧村が答えた。

「知ってることは、それだけか？」

「どういう意味なんでえ?」

「石津智彦って奴は、片桐洋介の友人なんだよ。それも親友同士だったらしい」

不破は、牧村の反応をうかがった。

牧村が心底、驚いたような顔つきになった。

「親友同士だったたって⁉」

「ああ」

「あいつ、そんなことは一言も言わなかったぜ。もしかしたら、石津が何か絵図を画《か》いたのかもしれねえな。石津がわざわざおれに、片桐洋介って男がお人好しの坊ちゃん社長だってことを教えてくれたんだ。で、おれは片桐の会社を喰う気になったわけさ」

「いい話を教えてくれたたな」

「石津は片桐洋介に恨みか何かあったんじゃねえのか。それとも、里香が石津を焚《た》きつけたのかね」

「そいつは、おれが調べる」

「石津の野郎、ふざけやがって。おかげで、おれはあらぬ疑いをかけられたんだ。あいつを少し痛めつけてやる。里香もつるんでたら、あの女をお風呂《ソープランド》に嵌《は》めてやるっ」

「牧村、あんたはおとなしくしてろ」

不破は諫《いさ》めた。

「しかし、堅気《ネス》に虚仮《こけ》にされたんじゃ、渡世人の体面《メンツ》ってやつがな」

「そんなこと気にしないで、あんたはしばらく病院で休養しろ」

「病院⁉」

「ああ、そうだ」

不破はベレッタのマガジンを抜くと、机から滑り降りた。M84とマガジンをそれぞれ部屋の隅に投げ放ち、マッチを勢いよく擦った。

硫黄《いおう》の臭《にお》いが鼻先を掠《かす》めた。青い炎が、じきに赤くなった。

「き、きさま！」

牧村が叫んで、膝立ちになった。大木も腰を浮かせかけていた。

「三年前、東西相互銀行の副頭取を殺《や》らせたな！」

「喋ったら、火は点けねえな？」

「ああ」

「実は、おれが殺《や》らせたんだ」

「やっぱりな」

不破は薄く笑って、牧村の足許の油溜まりにマッチ棒を投げた。

鈍い引火音がして、床から橙《だいだい》色の炎が躍《おど》り上がった。

炎は、たちまち牧村の灯油を吸った衣服に燃え移った。大木が泣き声を放った。

牧村が雄叫《おたけ》びめいた声をあげ、床を転がった。大木が上着を脱いで、炎を叩き消す。

ほどなく炎は完全に萎《しぼ》んだ。

牧村の服は半分近く焦げていたが、たいした火傷《やけど》ではない。それでもショックが大きかったらしく、牧村は床にぐったりとしている。

大木が指先を舐《な》め舐め、牧村の火脹《ぶく》れした部分に唾液をなすりつけはじめた。

「救急車を呼ぶ前に、火傷したとこに水をぶっかけてやれ」

不破は大木に言って、ＤＶＤの入った紙袋を机上から摑み上げた。

5

悪い予感が的中した。

自宅マンションの地下駐車場に、刺客の影があった。翌日の午後一時過ぎだ。

人斬り寛治は、クラウンに凭《もた》れかかっていた。例によって、日本刀を忍ばせた釣竿ケースを抱えている。

不破は抜き足で、エレベーターに戻った。

一階に上がった。エントランスロビーには、巨体の男が待っていた。殺気立っている。

不破は非常口に向かった。

アラームを解除して、ドアを抜けた。非常階段の手摺《てすり》を飛び越え、マンションの裏庭に降りる。

不破は小さな通用門から、裏通りに出た。

陽射《ひざ》しが強い。汗ばむほどだった。路面から、陽炎《かげろう》がゆらゆらと立ち昇っている。

不破は歩きながら、麻のジャケットを脱いだ。

スタンドカラーの山葵《わさび》色の長袖シャツの袖口も捲《まく》り上げた。いくらか涼しくなった。

新宿御苑方面に歩く。

不破は自分の店に電話をかけた。受話器を取ったのは、律子だった。

「おれだよ」

「あーら、竜次さん。どこで浮気してたの？」

「相変わらずだな、律ちゃんは。生まれてこのかた、悩んだことなんかなさそうだね」

「ばかにしないで。これでも毎日、哲学的な悩みに苦しめられてるんだから」

「それは、どうもお見それしました。それはそうと、大事なとこの怪我は治ったのか？」

「もう完治したわ。見てみる？」

律子が言った。

「大人をからかうもんじゃない。ところで、店に牧村組の奴らが顔を出さなかったか？」

「来なかったけど、電話があったわよ。竜次さんが店に出てるかどうかって訊かれたわ」

「もし奴らが店に現われたら、おれは海外旅行に出てるって言っといてくれ」

「竜次さん、何をやらかしたの？」

「きみらに迷惑はかけない。航にも口裏を合わせるよう言っといてくれ。店番、よろしく頼むぜ」

不破は電話を切って、新宿二丁目まで歩いた。

レンタカーの営業所で、黒いプリウスを借りた。まだ割に新しい車だった。ステアリングやシフトレバーに妙な癖はついていなかった。

その車で明治通りをたどって、渋谷の桜丘に向かった。

『ユニバーサル・コーポレーション』のあるビルに着いたのは、およそ二十分後だった。時刻は午後二時近かった。

不破はレンタカーをビルの斜め前に停め、地下駐車場を覗いてみた。石津のジャガーは所定の場所にうずくまっていた。

オフィスに乗り込んで、石津を締め上げるわけにもいかない。石津が車で外出したら、どこかに引きずり込むつもりだ。

不破はプリウスに戻って、両切りピースをくわえた。

ライターを鳴らしかけたとき、フロントガラスの向こうに尾花未沙の姿が見えた。石津の秘書だ。

警笛を短く鳴らす。未沙が振り向き、ビルの出入口の前にたたずんだ。

不破は車を降り、女秘書に歩み寄った。

未沙は淡い水色のスーツを着ていた、真珠のイヤリングが女っぽさを演出している。

「きょうは蹴りは遠慮したいね」

不破は向き合うなり、笑顔で言った。

「あんなことはしたくなかったんだけど、仕方がなかったの。ごめんなさい」

「きみみたいな美人秘書が、まさか少林寺拳法を心得てるとはな。有段者なんだろ?」

「一応、二段です。石津社長を張り込んでるみたいだけど、時間の無駄よ」

「おれを追っ払いたいんだろうが、その手にゃ乗らないぜ。ガレージの中に石津のジャガーがあることは確認済みなんだ」

「うふふ」

未沙が謎めいた笑い方をした。

「石津は、もう一台車を持ってるんだな?」

「ええ、白いレクサスをね。通勤や遊びにはもっぱらジャガーを使ってるけど、仕事のときはたいていレクサスに乗ってるの」

「石津の外出先を教えてくれないか。いや、無駄な質問だった。きみは石津の秘書だったもんな」

「あなた、法律事務所の調査員じゃないわね。社長は疑ってないようだったけど、わたしは最初っから見抜いてたわ」

「自信ありげじゃないか」

不破は内心、いくらか狼狽《ろうばい》していた。

「ほんとうの調査員は、あんな荒っぽいやり方はしないもんだわ」

「きみは法律事務所に勤めたことがあるようだな」

「それには、お答えしないでおくわ。わたしのことより、あなたは何者なの？　もしかしたら、トラブル・シューターかしら？」

「その質問には答えないでおくよ」

「やるわね。あなたが何をやろうとしているのか知らないけど、一度だけ協力してあげるわ。乱暴なことをしたお詫びにね」

「どんな協力をしてもらえるんだい？」

「いま、社長は神田の『ワールド・トラベル』にいるわ」

未沙が小声で告げた。

「そこは石津が経営してる旅行代理店だね？」

「ええ。ＪＲ神田駅の近くにあるから、行けばわかるはずよ」

「ありがとう。ついでに、石津の会社の経営内容について喋ってもらえないか。きみも、石津にはあまりいい感情を持ってないいんだろう？　違うかい？」

「そういうプライベートなことには答えられないわ」

「どうしても？」

「ええ」

「一度、きみとゆっくり話をしたいね」

「………」

「気が変わったら、連絡してくれないか」

不破はジャケットの内ポケットから、黒革の名刺入れを取り出した。未沙は無言で名刺を受け取ると、職場に戻っていった。

不破はプリウスを神田に向けた。

青山通りはやや渋滞していたが、日比谷通りは思いのほか車が少なかった。

目的の旅行代理店は、内神田《うちかんだ》寄りにあった。古めかしい雑居ビルの一階だ。

『ワールド・トラベル』の店頭は、ガラス張りになっていた。

オフィスは丸見えだった。石津はカウンターの奥で、営業所長らしい四十年配の男と何か話し込んでいる。

カウンターには、三人の女子社員がいた。客は年配のカップルしか見当たらない。白いレクサスは、ビルの横の道に駐《と》められている。ほかに、同型の車は見えない。石津の車だろう。

不破は大きく迂回《うかい》して、レンタカーをレクサスの数十メートル後ろに停めた。間に、三台の車が駐めてあった。

不破はサングラスをかけ、カーラジオのスイッチを入れた。チューナーをＦＭ東京に合わせる。Ｂ・Ｂ・キングのナンバーが聴こえてきた。ギターには、ドライブがかかっていた。ひとりでに体が弾んでくる。

不破は足でリズムを刻みながら、煙草に火を点けた。半分ほどショートピースを喫ったとき、サイドウインドーが叩かれた。

交通係の女性警察官だった。

不破はパワーウインドーを下げ、頭を掻《か》いた。

「うっかりしてました。ここは、路上駐車できなかったんですね？」

「ええ。すぐに車を出してください」

「わかりました」

不破は車を発進させ、近くをひと回りした。

交通係の巡回は、一定の時間を置いて行われている。すぐに同じ通りを見回ることはない。

不破は、元の場所にレンタカーを停めた。案の定《じょう》、女性警察官の姿はなかった。目の前のライトバンは、不運にも駐車位置と巡回時刻をチョークで路面に記《しる》されてしまった。

レクサスも同じ運命に遭《あ》ったにちがいない。

不破は、ふたたびラジオに耳を傾けはじめた。ジミ・ヘンドリックス、ボブ・ディランと懐かしいミュージシャンの曲がつづき、マドンナに引き継《つ》がれた。

石津がレクサスに乗り込んだのは、『オープン・ユア・ハート』が終わりかけたころだった。

不破はラジオのスイッチを切った。

レクサスが走りだした。不破は少し車間距離を取ってから、石津の白い車を追いはじめた。

前を走るレクサスは須田《すだ》町で、白山《はくさん》通りに入った。

行き先の見当はつかなかった。石津の車は千石《せんごく》一丁目交差点を右に折れ、不忍《しのばず》通りに進んだ。

二つ先の角を左に曲がった。六義園《りくぎえん》のある通りだった。

六義園を通過すると、レクサスは路肩《ろかた》に寄った。ワンルームマンションの前だった。石津には里香のほかにも、女がいるのだろうか。

不破は胸底で呟いた。

石津が車を降り、マンションの中に消えた。不破も外に出た。マンションは四階建てで、エレベーターはなかった。

石津は、すでに階段を昇りはじめていた。

不破は茶色のローファーを脱いだ。紐《ひも》のない靴を両手に提《さ》げ、ソックスのままで階段を駆け上がっていく。石津は三階の外廊下を進みはじめていた。

不破は身を潜《ひそ》めながら、目で石津を追った。

石津が足を止めたのは、三〇五号室の前だった。インターフォンを鳴らすと、若い女の声で応答があった。石津が室内に吸い込まれた。

不破はローファーを履《は》き、五分ほど待った。

石津が部屋から出てくる様子はない。

不破は三〇五号室に近づいた。表札を見ると、西原芽衣《にしはらめい》と出ていた。

その名を頭に叩き込み、青い鉄扉《てつび》に耳を押し当てる。石津が部屋の主と何か話していた。しかし、話の内容までは聴き取れなかった。

部屋に押し入って、石津を痛めつけるか。

不破は一瞬、そう思った。

だが、部屋の主に迷惑をかけることになる。

石津は思い直し、静かに三〇五号室から離れた。

マンションを出て、プリウスに戻る。煙草を吹かしながら、時間を遣《や》り過ごした。

石津がマンションから出てきたのは、およそ三十分後だった。

不破は外に飛び出したい衝動を辛《かろ》うじて抑えた。レクサスが走り去った。不破は車を降りた。

三〇五号室に駆け上がり、インターフォンを鳴らす。待つほどもなく応答があった。

「どなた？」

「宅配便です」

「いま、行きます」

スピーカーが沈黙し、ドア越しにスリッパの音が聞こえてきた。

不破はドアの横の壁にへばりついた。部屋の主がドア・スコープで来訪者の顔を確認する恐れがあったからだ。

ドアが開けられた。

不破は素早く玄関に身を滑り込ませた。

「なによ、あなた！　いきなり入ってきて、失礼じゃないのっ」

女が咎《とが》めた。二十二、三歳だろう。

個性的な顔立ちの美人だった。目が大きく、赤い唇が官能的だ。髪は長かった。だぶだぶの白いパーカの下は、黒のタンクトップだった。カットオフ・ジーンズに包まれた腰は豊かに張っている。

「嘘をついて申し訳ない。わたし、石津氏の素行調査をしてる者なんです」

不破は言い繕《つくろ》った。

「というと、興信所か探偵社の人？」

「ええ。あなた、西原芽衣さんでしょ？」

「そうよ。なんで、わたしのことを知ってんの⁉」

「石津氏の奥さんが、あなたと旦那が怪しいんじゃないかと調査を依頼してきたんです」

「ばかばかしい。石津さんとわたしは、そんな間柄じゃないわ」

芽衣が苦笑した。

「しかし、こちらの調査によると、あなたと彼は……」

「誰が何を言ったか知らないけど、わたしたちはそんな関係じゃないわ。確かに石津さんには彼女がいるけど、わたしじゃないわよ」

「彼女って、銀座のクラブママのことかな？」

「答えたくないわ」

「どうやら神谷里香のことらしいな」

「帰ってよ、何も喋りたくないわ。石津さんは、ただの相談相手！　わかったら、帰ってちょうだいっ」

「どんな相談をしてるんだい？」

不破は喰《く》い下がった。

「しつこい男ねえ。ぐずぐずしてると、お塩をぶっかけるわよっ」

「じきに退散するから、一つだけ教えてほしいんだ。きみは、石津氏の会社の社員か何かだったのかな？」

「違うわ。彼とは、クルーザーの展示会で知り合ったの。わたし、そのショーでアナウンス・コンパニオンをやってたのよ」

「そういえば、石津氏はヨットが趣味とか言ってたな」

「そのとき、石津さんの友達とも知り合ったの。わたしがつき合ってたのは、その友達のほう。その彼、奥さんと別れて、わたしと結婚してくれることになってたの。だけど、ノイローゼになって、猟銃で自殺しちゃったのよ。それで石津さんはわたしに同情してくれて、いろいろ相談に乗ってくれてたわけ。ここまで話したんだから、ほんとに帰ってよね」

「自殺した男って、片桐洋介って名じゃないのか」

「なんで、あなたが洋介さんのことを知ってんの⁉」

芽衣が驚きの声をあげた。

不破は少し迷ったが、片桐洋介に関する調査をしていることを打ち明けた。依頼人が未亡人であることは伏せた。

「自殺したんじゃないかもしれないって、ほんとなの？」

「他殺の疑いもあるんだ。まだ証拠は握ってないんだがね」

「入って。もっと詳しい話を聞きたいの」

芽衣が玄関マットの上に、スリッパを揃えた。表情は和《なご》んでいた。

不破はローファーを脱いだ。

奥の部屋に入る。ベッドの横に、純白のシャギーマットが敷いてあった。床はフローリングだった。

二人はマットに直《じか》に腰を落とした。

芽衣は女坐りだった。不破は胡坐《あぐら》をかき、他殺の疑惑について手短に語った。

「布テープの糸屑と慰労会の予約だけじゃ、ちょっと説得力がないわね」

芽衣が言った。

「確かにな。しかし、片桐氏が誰かに殺されたような気がしてならないんだ」

「誰が怪しいわけ？」

「まだ確証はないんだが、どうも石津智彦が怪しいんだ。彼は片桐氏に七百万円借りたまま、返済した様子がないいんだよ。片桐氏が死んだのは、返済期限の半月後だった」

「返済できなくて、洋介さんを自殺に見せかけて殺したってわけ？　石津さんが、そんなことやるはずないわ。あの二人は、とても仲がよかったのよ」

「らしいな。しかし、人間の内面まで他人には見えない。二人の間に、どろどろとした確執《かくしつ》があったのかもしれないぜ。石津の彼女は、片桐氏の最初の女房だったんだ」

「その話、ほんとなの⁉」

「ああ」

不破は短く応じた。

そのとき、ベッドの上で携帯電話が着信音を奏《かな》ではじめた。芽衣が体を傾けて、携帯電話を摑み上げた。

「あら、パパ。近くまで来てるんだったら、こっちにおいでよ」

「…………」

「早くね。それじゃ、待ってるわ」

芽衣が通話を打ち切った。

「来客らしいね」

「そうなの。悪いけど、そろそろ帰ってもらえない？」

「いいとも」

不破は立ち上がって、玄関に急いだ。ローファーに足を突っ込んだとき、背後で芽衣が言った。

「洋介さんは、きっと自分で命を絶《た》ったのよ。他殺だなんて、わたしは考え過ぎだと思うな」

「だといいんだがね。石津には、おれのことを黙っててくれよな」

不破は言って、部屋を出た。

サングラスをかけ、階段を駆け降りる。マンションを出て、プリウスに乗り込んだ。エンジンをかけたとき、前方から見覚えのある初老の男がやって来た。なんと片桐卓造だった。花束とケーキの箱を抱えている。

不破はドア・ロックを解いた。

呼びかけようとしたとき、卓造が芽衣のマンションに入っていった。馴《な》れた足取りだった。

まさか芽衣のパトロンが片桐卓造ってことはないだろう。しかし、里香の話が事実だとしたら、息子の愛人に手をつける可能性もなくはない。

不破は車のキーを抜き、マンションの表玄関に走った。

足音を殺しながら、階段を駆け上がる。

卓造は三階の歩廊《ほろう》を進んでいた。足を止めたのは、芽衣の部屋の前だった。

いったい、どうなっているのか。

不破は頭が混乱した。

卓造が三〇五号室に入り、スチールドアが閉ざされた。不破は車に戻って、そのまま張り込みをつづけた。

卓造がマンションから出てきたのは、小一時間後だった。

不破は顔を伏せた。卓造は足早に歩み去った。不破は車を降り、芽衣の部屋に駆け上がった。

インターフォンを鳴らすと、ドアの向こうで芽衣の声がした。

「パパ、忘れもの？」

「うむ」

不破は作り声を返した。

ドアが開いた。不破は室内に躍《おど》り込んだ。

「また、あんたなの。どういうつもりなのよっ」

芽衣が露骨に厭《いや》な顔をした。

「きみは、親子を手玉に取ってたようだな」

「親子って、どういうことよ？」

「とぼける気か。いま出ていった男は、片桐洋介の父親の片桐卓造だろうがっ」

「何を言ってるの⁉　パパの名前は寺久保《てらくぼ》卓造よ。洋介さんの父親なんかじゃないわ」

「さっきの男が寺久保だって、証明できるかい？　たとえば、彼の運転免許証を見たとか、自宅に電話をしたことがあるとか」

「そういうことはないわ。いつも寺久保のパパのほうが連絡してくるから。それに、パパは自分の電話番号も教えてくれなかったの」

「あんまり子供っぽい嘘をつくなよ」

「ほんとだってば」

芽衣がヒステリックに叫び、すぐに言い重ねた。

「パパは養子なんだって。だから、家族に気兼ねしているみたいだったわ」

「卓造は養子だった？」

「そう言ってたわ。奥さんのお父さんがやってた貿易会社で働いてて、気に入られたとかで、婿《むこ》養子になったんだって」

「寺久保ってのは、旧姓なんだろうか」

不破は低く呟いた。

「それはわからないけど、洋介さんとは親子なんかじゃないわよ。似たところが、まるでないもん」

「息子は、母親に似る場合が多いんだ」

「それにしても……」

「きみは、いつから卓造に囲われてるんだ？」

「ねえ、ちょっと！　厭な言い方しないで。わたし、パパの愛人じゃないわよ。寺久保のパパとは一度もセックスなんかしてないわ。わたしたち、親子ごっこを愉《たの》しんでるだけ」

「親子ごっこ？」

「うん、そう。パパ、どっかに隠し子がいるらしいの。娘さんらしいわ。だけど、婿養子ってこともあって、認知もしてやれなかったんだって。そんなわけで、わたしを自分の娘に見立てて、すっごく可愛がってくれてるわけ」

「卓造とは、どのくらいのつき合いなんだ？」

「もう三年近いわ。わたしが好きな男と別れて酔い潰れちゃった晩、通りかかったパパが親切にタクシーで家まで送り届けてくれたのよ」

芽衣がしんみりとした口調で言った。

「卓造は、きみが片桐洋介とつき合ってたことを知ってたんだね？」

「うん、話したから。パパは、奥さんのいる洋介さんとつき合うのはよくないって言ってたわ。だけど、わたしは洋介さんに本気で惚れてたから……」

「洋介に卓造のことは話したのか？」

不破は訊いた。

「ううん、一度も話さなかったわ。話したら、誤解されそうな気がしたんでね」

「そうか。きみと卓造のことを知ってるのは？」

「石津さんだけよ。パパとデパートで買い物してるときに、偶然、彼と会っちゃったの。それで、二人を引き合わせたことがあるのよ」

「そのとき、二人はどんなふうだった？　それ以前に面識があるようには見えなかったか？」

「そんな感じじゃなかったわね。二人とも神妙な顔で挨拶し合ってたもん」

「それは、きみが片桐洋介とつき合う前の話なんだな？」

「そうよ。それから何日か後に、石津さんが洋介さんと一緒にわたしを超高級レストランに招いてくれたの。石津さんは途中で気を利かせたらしく、黙って先に帰っちゃった」

「ひょっとしたら、石津が洋介を唆したのかもしれない」

「唆すって、どういう意味よ。それじゃ、石津さんが何か企んでるような言い方じゃないのっ」

芽衣が顔をしかめた。

「そうなのかもしれないぜ」

「あんた、いったい何者なの⁉　名刺を出しなさいよっ」

「名乗るほどの者じゃないんだ。邪魔したな」

不破はそそくさと部屋を出た。

ドア越しに、芽衣の舌打ちが響いてきた。石津が何かで卓造を強請《ゆす》った疑いが強まってきた。

不破は足を速めた。

第四章　沈黙の報復者

1

軒灯が消えた。

不破は、『シャレード』の近くに隠れていた。

午前零時過ぎだった。ホステスやバーテンダーは、もう家路についていた。

店に残っているのは、ママの里香だけだ。

不破はエレベーターホールを斜めに走って、『シャレード』の扉を開けた。すぐ目の前に、白っぽい着物を着た里香がいた。

「どう挨拶すべきかね？」

「近寄らないで。大声を出すわよ」

里香の手から、キーホルダーが落ちた。

「拾ったら、どうだい？」

「何しに来たのっ」

「おれを変態男に仕立てるとは、たいした女だ。寝室のビデオカメラで、いつもあんたは自分たちの痴戯を撮《と》ってたようだな」

「な、なんのことよっ」

「とぼけやがって。やっぱり、牧村とも他人じゃなかったんだな。奴とは半年ほどの仲だったらしいが、石津はあんたの浮気に気づいてたのか？」

不破は前に踏み出した。

里香が身を翻《ひるがえ》し、カウンターに走り寄った。スマートフォンに手を伸ばしたが、落としてしまった。

不破は内錠を掛け、里香に駆け寄った。

左腕を捻《ひね》り上げ、白銀の帯留めを解いた。素早く抹茶色《まっちゃいろ》の正絹帯の結び目に手を掛ける。不破は帯を力まかせに引き、里香の体を突き放した。

帯が音をたてながら、ほどけていく。

里香はバレリーナのように旋回し、次々にスツールを薙《な》ぎ倒していった。彼女自身もスツールを抱き込みながら、カーペットに転がった。

弾みで、江戸小紋の裾が捲《めく》れ上がった。白い腓《こむら》が肉感的だ。

「悪かったわ。わたし、石津さんにだけは知られたくなかったのよ。だから、あなたが何も言えなくなるように、ああいう手を使ったの」

「着物を脱げ」

不破は低く命じた。

「わたしを抱いてもいいから、騙《だま》したことは赦《ゆる》して」

「黙って言われた通りにするんだっ」

「いいわ」

里香が立ち上がって、後ろ向きになった。

まず白足袋《しろたび》を脱ぎ、小紋と長襦袢《じゆばん》を肩から滑らせた。腰の湯文字も手早く外した。

和装用の下穿《したば》きはつけていなかった。

後ろ向きの裸身は、神々《こうごう》しいまでに美しかった。むろん、妖《あや》しくもあった。長く見つめていたら、下腹部が熱を孕《はら》みそうだった。

「どこでするの？」

里香が向き直って、店内を眺め回した。煙ったように見える飾り毛がなんとも煽《せん》情的《じょうてき》だ。

不破は無言で、近くのボックスシートに視線を向けた。

里香がソファを一つ移動させ、即席のベッドをこしらえた。それから彼女は、三つのソファの上に裸身を横たえた。仰向けだった。

「縛ってやろうか」

不破は声を投げた。もちろん、冗談だ。

「ほんとは痛いのは好きじゃないの。優しく愛して」

「いいだろう」

「早くこっちに来て」

里香が甘やかな声でせがみ、両膝を立てた。赤い輝きを放つ部分が露《あらわ》になった。

合わせ目は、わずかに綻《ほころ》んでいた。弾けた柘榴《ざくろ》を連想させる。

不破は精悍な顔に冷笑を拡《ひろ》げ、江戸小紋と長襦袢をまとめて掴み上げた。それらを
カウンターのシンクに投げ入れ、すぐに水道の蛇口を捻った。

すでに里香とは交わっている。二度も抱く気はなかった。

水の音を聞き、里香が跳《は》ね起きた。

「何するのよっ」

「着物が水浸しになったら、あんたはここから逃げ出せない」

不破は蛇口の栓を閉め、倒れなかったスツールに腰かけた。

「わたしをどうする気なの⁉」

「訊いたことに正直に答えりゃ、乱暴なことはしないよ」

「ほんとに？　約束してよね」

里香がそう言い、両腕を交差させた。豊満な乳房は隠しきれなかった。

「片桐洋介は入り婿《むこ》らしいな？」

「どこで、そんなことまで調べたの⁉」

「どうなんだ？」

「ええ、その通りよ。洋介の母親の綾子《あやこ》は家付き娘だったの」

「ひとり娘だったのか？」

「妹がいたらしいんだけど、二つか三つのときに猩紅熱《しょうこうねつ》で死んだんだそうよ」

「綾子の父親は貿易商だったんだろ？」

「ええ。横浜で『片桐商会』という会社をやってたと聞いてるわ。南洋から錫《すず》や建材を輸入して、たった一代で財を成《な》したらしいの。わたし自身は、洋介の祖父の房之助《ふさのすけ》には会ったことがないのよ」

「結婚したときは、もう房之助はこの世にいなかったんだな？」

不破は念を押し、ショートピースをくわえた。

「ええ、その通りよ」

「卓造は、房之助の会社に勤めてたんだな？」

「そうよ。卓造は房之助の援助を受けながら、大学を卒業したらしいの」

「房之助と卓造は郷里が同じなのか？」

「ええ、そうらしいわ。二人とも広島の出身よ。房之助は豪農の次男で、卓造は貧しい飾り職人の三男坊だったらしいの。だけど、卓造は頭がよかったんだって。それで房之助が卓造を自宅に引き取って、大学に通わせてやったらしいのよ。まるで新派の世界よね」

里香が苦笑した。

眉間に集まった皺《しわ》が淫《みだ》らに映った。悦《よろこ》びを極めたときにも、そういう顔つきになるのだろう。

「洋介の母親は、どんな女だったんだ？」

「結婚して間もなく死んじゃったから、あまりよくはわからないの。でも、高慢な感じで、わたしは好きじゃなかったわ」

「綾子と卓造は、恋愛結婚だったのか？」

不破は逆《さか》さに積み上げられた灰皿の一つを取って、喫《す》いさしの煙草の火を揉み消した。

「洋介から聞いた話だと、房之助が二人を強引に一緒にさせたみたい。商才に長《た》けた卓造を後継者にしたかったんじゃない？」

「卓造は、片桐家の財産に目が眩《くら》んじまったのか」

「おそらく、そうだったんでしょうね。洋介が物心ついてから、ずっと両親の仲は冷え冷えとしてたらしいから」

「卓造の旧姓は、寺久保だな？」

「そうよ。いったい誰から、そのことを聞いたの⁉」

　里香は薄気味悪そうだった。

「西原芽衣って知ってるか？」

「聞き覚えのある名ね。もしかしたら、洋介が熱を上げてた女じゃない？」

「芽衣のこと、石津から聞いたらしいな。石津は、なぜ芽衣と接触しつづけてるんだ？」

「彼が、洋介の彼女とつき合ってるって言うの⁉」

「石津は時々、芽衣のマンションに行ってるようだぜ。芽衣は、石津は単なる相談相手に過ぎないと言ってたがな」

「なんだって、彼はそんなことをしてるのかしら？」

「おおかた石津は悪巧《わるだく》みをしてるんだろう。奴は卓造が芽衣をペットのように可愛がってることを知りながら、洋介が芽衣にのめり込むのを黙って見てたようなんだ」

「芽衣って女、卓造の世話になってたの⁉」

「石津は、そのことは伏せてたらしいな。世話といっても、卓造はその女を妾《めかけ》にしてるわけじゃないようだがな」

「言ってること、よくわからないわ」

「芽衣の話が事実なら、二人に体の繋がりはないってことさ」

不破は詳しい話をした。

「そんな話、信じられないわ。卓造は、このわたしをレイプした男なのよ。あんな好色な奴が父娘《おやこ》ゲームを楽しんでるだけだなんて……」

「あんたの話、事実関係が逆じゃないのか？」

「逆って、わたしが卓造に色目を使って、その気にさせたって意味？」

「そうだ。どうなんだっ」

「ふざけないでよ。なんで、わたしがそんなことしなきゃならないのっ」

里香が憤慨《ふんがい》し、両腕で膝を抱え込んだ。肌寒さを覚えはじめたのだろう。

「あんたは旦那が小夜子さんと深い関係になったことを知り、義父の卓造を味方につけたかったんじゃないのか。卓造を体で繋ぎ留めておけば、当然、亭主の父親は自分の肩を持ってくれるだろうからな。夫と別れることになっても、慰藉料はたっぷりふんだくれるってわけだ。離婚のときに慰藉料の額でだいぶ揉めたらしいが、卓造があんたに加担してくれたんだろう？」

「冗談じゃないわ。卓造はわたしには調子のいいことを言ってたけど、まったく味方になんかなってくれなかった。それどころか、洋介とわたしを別れさせたがってた感じだったわ」

「卓造はあんたを抱いたことが発覚するのを恐れたんだろう」

不破は、またもや煙草に火を点けた。

「それだけじゃない感じだったわね。あいつは何がなんでも、洋介とわたしを離婚させたかったんだと思うわ。きっとそうよ」

「どうして、そう言い切れるんだ？」

「卓造に体を穢《けが》される前に、わたし、碑文谷の義父《ちち》の家で、出入りの植木職人たち二人に輪姦されそうになったことがあるのよ。義父に電話で呼ばれて、洋介の実家に行ったときにね」

「あそこには、お手伝いさんが二人もいるじゃないか」

「二人とも、なぜか家にいなかったのよ。卓造も散歩に出てたの。でも、わたしが裸にされたとき、ひょっこり卓造が帰ってきたのよ。思い起こしてみると、不自然なほどタイミングがよかったわ」

「卓造は、二人の植木職人を怒鳴りつけたんだな？」

「ええ。そうすると、二人の職人はすごすごと逃げていったわ。だけど、そいつらは大きな刈り込み鋏《ばさみ》を持ってたの。逆に卓造を押さえつけてでも、思いを遂《と》げる気になっても不思議じゃないわ。もっと変なのは、その後も職人たちが義父の家に出入りしてたことね」

「卓造が職人たちをけしかけたんじゃないかと言いたいわけか？」

「ええ、その通りよ。あれは、仕組まれた罠だったにちがいないわ。卓造はわたしの弱みを握って、息子と別れさせたかったのよ。それで、自分でわたしを襲う気になったんだわ」

里香が顔を引き攣《つ》らせ、掌《てのひら》でソファの背凭《せもた》れを叩いた。

不破は長くなった灰を指先ではたき落とし、くわえ煙草で言った。

「その話が事実だとしても、なぜ卓造はあんたと息子を別れさせたがったんだ？　彼は、あんたを嫌っちゃいないようだったぜ」

「あいつは後ろ暗さをごまかすため、他人《ひと》には調子のいいことを言ってんのよ。本心は、ひとりでも相続権を持つ人間を少なくしたかったんじゃないの？」

「相続権？」

「義母《はは》だった綾子が死ぬまで、片桐家の資産はすべて彼女の名義になってたのよ。それで死後、三分の一が夫の卓造に、残りの三分の二が洋介に相続されることになったの」

「ちょっと待ってくれ。分配の比率が逆なんじゃないのか？」

「ううん、間違いはないわ。洋介の母親は、遺産相続に関する遺言状をきちんと公正証書にしてたの。だから、その通りに配分されたわけ」

里香が言った。不破は煙草の火を消し、すぐに問いかけた。

「遺産の総額は？」

「二人の相続税を差し引いても、二十五億円近かったはずよ」

「洋介の相続分は十六億以上ってことになるな。そんな多額の遺産を手に入れながら、彼はなぜ牧村の会社から事業資金を借りなければならなかったんだい？　話がおかしいじゃないか」

「洋介の遺産相続には、条件が付いてたのよ。綾子の死後五年間は不動産や株券の名義は変更しても、遺産を処分してはならないって条件がね。洋介が母親から相続した不動産の権利証、株券、国債、預金証書なんかは片桐家の顧問弁護士の広瀬《ひろせ》慎一《しんいち》に預けられて、ずっと凍結されたままなの」

「塩漬けにされたと言っても、十六億円以上の資産を持ったわけだから、洋介は権利証を担保にして金を借りることぐらいはできただろうに」

「凍結期間中は、そういうこともしてはいけないって厳しい条件が付けられてたの。洋介の母親は、若いうちに息子に大金を与えることに何か不安を抱いてたんじゃない？　莫大な遺産が懐《ふところ》に入ったら、誰だって、地道に働くことがばからしくなっちゃうものね」

「そんな親心が徒《あだ》になったわけか」

「皮肉よね。ねえ、わたしの着物、すっかり濡れちゃった？」

里香が肩のあたりを手で擦りながら、恐る恐る訊いた。

「寒いのか？」

「少しね」

「なら、これを着てろ」

不破は黒の麻ジャケットを脱ぎ、里香に投げ与えた。里香が両手でうまく捉《とら》え、不破の上着を肩に羽織った。

「洋介の塩漬けされた莫大な遺産は、いまの奥さんに引き継《つ》がれたんだな？」

「そのはずよ。小夜子って女、うまくやったわよねえ。もう少し辛抱してりゃ、十六億円以上のお金が手に入るんだもん。羨ましさを通り越して、妬《ねた》ましいわ」

「だろうな。旦那と別れなきゃ、あんたが手に入れてたわけだから」

「そうなのよ。それを考えると、なんか頭にきちゃってね。あっ、待って！　だからって、小夜子って女に厭がらせをしたことなんかないわよ」

「石津とつるんで、あんた、卓造から金を強請《ゆす》り取ったなっ」

不破は声を張った。

里香は黙ったままだった。

「返事をしろ！」

「わ、わたしは、情事の録音音声を彼に渡しただけよ。卓造がわたしを何度目かに抱きにきたとき、こっそりICレコーダーを仕掛けておいたの」

「石津は、卓造からいくら脅し取ったんだっ」

「多分、二千万円前後だと思うわ」

「それは、いつのことだ？」

「もう二年近く前よ」

「その後も、石津は無心してたようだな。奴は『豊栄リース』から借りていた一千万を五カ月後に元利込みで一括返済してる。金額は一千六百八十二万だ」

「牧村のとこからも借金してたなんて、初耳だわ。ずっと景気がよくないって話は聞いてたけどね」

「そんな石津が、あんたに姉妹店を持たせてやろうなんて言い出した。急に金回りがよくなったのは、なぜなんだ？」

「知らないわ」

里香が首を大きく振った。不破はスツールから離れ、里香のそばまで歩いた。

「乱暴はしないって約束だったでしょ」

「正直に話してればな。昔、どっかの国に股裂きの刑ってのがあったらしいぜ」

「やめて、お願い！」

里香が坐ったまま、尻をずらした。

不破は、ほっそりとした足首をむんずと掴んだ。そのまま、両脚を掬《すく》い上げる。

「女を嬲《なぶ》るのは気が進まないが、仕方がない」

「待って、喋るわ。彼は近々、まとまったお金が入りそうだって言ってた。そうしたら、姉妹店の開業資金をそっくり出してくれるって。だから、わたし、手頃な店舗を物色しはじめてたのよ」

「石津はどんなネタで誰を強請《ゆす》る気なんだ？　相手は卓造なのか。それとも、別の人間なのかっ」

「そこまでは知らないわ。ほんとよ」

里香が言って、すぐに両手で顔面を覆った。

はざまから尿の迸《ほとばし》る音がして、湯気が立ち昇りはじめた。恐怖のあまり、失禁してしまったのだ。

不破は手を放した。さすがに気が咎《とが》めた。

里香は泣きじゃくりながら、尿を放ちつづけている。ソファが濡れ、カーペットにも染《し》みが拡《ひろ》がりはじめた。

「恥ずかしい思いまでさせる気はなかったんだ。悪かったな」

不破は里香の肩から自分のジャケットを剝《は》がし、出口に足を向けた。

里香の嗚咽《おえつ》が一段と高くなった。気が重くなりそうだった。

2

インターフォンが鳴った。

不破は、ぎくりとした。ちょうど手製のブラックジャックをこしらえている最中だった。

芯《しん》は、十キロのダンベルの握りの部分だ。両側の鉄の輪を外し、シャフトにビニールテープを幾重《いくえ》にも巻きつけている最中だった。

不破はブラックジャックができ上がったら、石津のオフィスに車を走らせる気でいた。里香を締め上げたのは、昨夜である。

牧村組の者だろうか。それとも、石津が筋者と一緒にやって来たのか。

不破は手造りの武器を握って、ダイニングテーブルから離れた。ベランダの向こうには、薄闇が拡《ひろ》がっている。午後五時過ぎだった。

また、インターフォンが鳴らされた。

不破は抜き足で、玄関に急いだ。

息を殺して、ドア・スコープを覗く。来訪者は元妻の恭子だった。

娘の志穂の身に何か起こったにちがいない。

不破は手製のブラックジャックを陶製の傘入れに隠し、すぐにドアを開けた。

「突然やって来たりして、ごめんなさい。お店に行ったんだけど、いなかったから」

恭子が少し照れながら、そう言った。

二年ぶりに見る元妻は、すっかり母親らしくなっていた。肩まで伸ばしていた髪は短くカットされ、緩《ゆる》くパーマネントウェーブがかかっている。上着もプリーツスカートも地味だった。

「何があったんだ?」

不破は、ぶっきら棒に訊いた。

「あなたのとこに、志穂が来ていないかと思って訪ねてきたの」

「来てない。志穂、いなくなったんだな」

「そうなのよ。下校途中に行方がわからなくなってしまったの」

「なんだって⁉」

「最後に別れたお友達の話だと、志穂は急ぎ足で家の方に向かったらしいんだけど、わたしのとこには戻ってこなかったの」

「下校したのは何時なんだ?」

「二時ごろよ。二、三日前から、志穂、『お父さんのマンションまで、どうやって行けばいいの?』なんて、しきりに言ってたの。それだから、ここに来たんじゃないかと思ったんだけど……」

恭子が表情を翳《かげ》らせた。

「急に友達の家にでも遊びに行きたくなったんじゃないのか？」

「誰かと遊ぶときは、必ず志穂はいったんランドセルを家に置いてから出かけるの。まさか誘拐されたんじゃないわよね？」

「そんなことはないと思うが、もっと詳しい話を聞かせてくれないか。とにかく、入ってくれ」

不破は先にダイニングキッチンに戻った。

テーブルの上には、ペンチ、二つの鉄輪、ナット、ビニールテープなどが乱雑に載っている。それらを端に寄せ、さりげなく新聞で覆い隠した。

そのとき、恭子がやって来た。

不破は恭子を椅子に坐らせ、自分は調理台に凭れかかった。

「相変わらず志穂は、旦那を避けてる感じなのか？」

「ええ、まあ。あの子、あなたのことばかり言って。再婚なんかしないほうがよかったのかもしれないわ」

恭子がうつむいた。辛そうな表情だった。

「急いで結論を出すことはないさ。志穂は、ちょっぴりお姉さんになったんだろう。

それで、なんとなく新しい父親に対しても、照れのようなものを感じはじめてるんだと思うよ」

「それだけかしら？」

「ああ、多分な。それより、志穂がいなくなったこと、もう旦那は知ってるのか？」

「ええ、知ってるわ。伊吹の会社に電話して、家に戻ってもらったの」

「そうか」

不破は短く答えた。

口を閉《と》じたとき、奥の部屋で携帯電話が鳴った。

不破は恭子に一言断って、ベッドのある部屋に駆け込んだ。妙な胸騒ぎがした。

携帯電話を取ると、男の不明瞭な声が流れてきた。

「不破だな？」

「そうだが……」

「あんたの娘を預かってる。こちらの指定した場所に来れば、娘は無事に返してやるよ」

「牧村組の者かっ」

不破は大声を張り上げた。

「おれは石津の代理の者だ。午後六時ジャストに新宿スカイホテルの一階ロビーに来い。誰か娘を引き取る者をひとりだけ連れて来てもいい。ただし、男じゃ駄目だ」

「娘の母親と一緒に行く」

「いいだろう。言うまでもないことだが、警察《サツ》に通報したら、娘の命はないぜ」

「わかってる。その前に、娘の声を聴《き》かせてくれ」

「待ってろ。いま、替わってやる」

相手のくぐもり声が途切れた。どうやら男は、送話口にハンカチを被《かぶ》せていたらしい。

ややあって、志穂の声が響いてきた。

「もしもし、お父さん？」

「そうだ」

「いま、あたし、お父さんのお友達と一緒なの。ジュース、買って貰っちゃった」

「志穂、そのおじさんに家の近くで呼びとめられたのか？」

「そう。車に乗ってるおじさんよ」

「どんなおじさんなのかな？　父さん、友達がいっぱいいるんだ」

不破は早口で訊いた。

だが、志穂の返事はなかった。男に受話器を奪われたようだ。

「もしもし！　志穂、返事をしなさい」

「娘にゃ、何もしていない。時間を守れ。いいな！」

電話が切られた。

不破は終了キーを押した。ドアのそばに、心配顔の恭子が立っていた。

「あなた、何かしてるんじゃない？　志穂がさらわれたのは、あなたのせいなのねっ」

「志穂は必ず取り戻す。だから、心配するな」

「もしかしたら、昔の未解決の事件でも調べてるんじゃないの？」

「きみには関係のないことだ」

「関係ないことないでしょ！　志穂が誘拐されたのよ。わたし、主人に電話して、一一〇番すべきかどうか相談してみるわ」

「警察の手を借りたら、志穂は殺されるかもしれないんだぞ。とにかく、おれに任せるんだっ」

不破は怒鳴って、ベッドに腰かけた。

恭子が、その場にへなへなと坐り込んだ。二人は気まずく黙り込んだまま、十数分を過ごした。

「少し早いが、出かけよう」

不破は促《うなが》し、先に恭子を部屋から出した。傘入れから手製のブラックジャックを取り出し、腰の後ろに差し込んだ。

麻と綿の混紡ジャケットは、たっぷりとした造りだった。敵に見抜かれはしないだろう。

不破は、元妻と地下駐車場に降りた。

ともに無言だった。恭子は、いくらか落ち着きを取り戻していた。

クラウンで新宿に向かう。

指定されたシティホテルは、西武新宿駅の近くにあった。二十分弱で、ホテルに着いた。

車をホテルの地下駐車場に入れ、二人は一階ロビーに上がった。

ロビーの片隅に、ティールームがあった。ガラス張りの喫茶室だった。

「きみはティールームにいたほうがいい」

「でも、心配だわ」

「きみがそばにいないほうが、志穂の救出はうまくいくだろう。だから、言われた通りにしてくれ」

「わかったわ」

恭子がティールームに向かった。

不破は、フロントの近くにあるソファに腰かけた。人待ち顔の男女が、そこかしこに見られる。志穂を人質に取った男は、ロビーで派手な振る舞いはできないだろう。

不破は脚《あし》を組んだ。

恭子は目の届く場所に坐っていた。ティールームの出入口に近い場所だった。

時間の流れが遅い。不破は焦《あせ》りと不安を覚えながら、待ちつづけた。

ひと目で暴力団員とわかる三十歳前後の男が不破の横に腰かけたのは、六時七分ごろだった。

白いスーツを着ていた。靴は、白と黒のコンビネーションだ。ミラーグラスをかけている。

男が丸めた週刊誌を不破の太腿《ふともも》に近づけた。スラックスの布地を通して、尖《とが》った物が押し当てられた。匕首《あいくち》の切っ先だった。

「娘はどうした？」

不破は正面を向いたまま、かたわらの男に問いかけた。

男は黙って顎《あご》をしゃくった。

不破は、男の視線をたどった。フロントの方から、赤いランドセルを背負った志穂が歩いてくる。三十四、五歳の小太りの男に手を引かれていた。

その男も堅気ではなさそうだ。黒っぽい背広を着込み、右手首にゴールドのブレスレットを光らせている。

「立つんじゃねえぞ」

白いスーツの男が低い声で凄んだ。

不破は、浮かせかけた尻をソファに戻した。志穂が不破に気づき、無邪気に駆け寄ってくる。

その姿を見て、不破は涙ぐみそうになった。

志穂は十センチ近く背が伸び、幼児っぽさも抜けていた。パーカ付きの青っぽいブルゾンに、ベージュのキュロットスカートという組み合わせだった。

「お父さん！」

志穂は嬉しそうに叫び、不破の股の間に飛び込んできた。

不破は満面に笑みを拡《ひろ》げ、娘の頭を抱え込んだ。おかっぱの髪は、いくらか日向《ひな》臭《た》かった。懐かしい匂いだった。

「ね、志穂、お父さんのマンションに泊まりたいの。いいでしょ？」

「父さんのほうはいいけど、母さんがいいって言うかな。ちょっと訊《き》いてごらん」

「お母さんもいるの？」

「ああ、あそこだよ」

不破はティールームを指さした。

「あっ、お母さんだ！」

「母さんが駄目だって言ったら、まっすぐ自分の家に帰るんだぞ」

「うん、わかった。お母さんに訊いてくるね」

志穂はぴょんと跳《は》ねると、ティールームの方に駆けていった。ランドセルは弾み通しだった。

「石津のいるとこに案内してくれ」

不破は娘がティールームに入ったのを見届けてから、二人の男を交互に見た。

ブレスレットの男が無言で歩きだした。ミラーグラスの男に促され、不破は立ち上がった。

ホテルの地下駐車場に降りる。男たちの車は、銀灰色のメルセデス・ベンツだった。運転席には二十一、二歳の男が坐っていた。リーゼント風の髪は、金色に染められている。暴走族上がりの準構成員だろう。

不破は後部座席に押し込まれた。小太りの男と白い背広の男に挟まれる形だった。

ベンツが走りだした。

「おまえら、新宿のヤー公じゃないな。渋谷あたりの地回りか？」

不破は左右を見た。どちらの男も口を歪《ゆが》めただけだった。

ベンツは靖国通りに出て、新宿五丁目交差点を左に折れた。さらに花園神社の先で左折した。

数百メートル進み、八階建てのホテルの地下駐車場に潜《もぐ》った。

一応、シティホテルだったが、一流ではなかった。ビジネス客や観光客は少なく、情事や覚醒剤の取引などに利用されている。高級娼婦たちの常宿としても使われていた。

新宿署の生活安全課にマークされているホテルだった。不破も現職の刑事のころ、幾度となく捜査で足を踏み入れていた。

「降りな」

ミラーグラスの男が不破の腕を引っ張った。不破は、おとなしく車を降りた。小太りの男も車から出た。金髪の若い男は降りなかった。

不破はエレベーターに乗せられた。

男たちが抜け目なく、両脇を固める。連れ込まれたのは七〇三号室だった。

室内には誰もいなかった。

続き部屋《スイートルーム》だった。手前の小部屋には、コンパクトな応接セットとライティング・デスクがあった。右手の奥がベッドルームだった。

「石津はどこにいるんだ？」

不破は振り返って、どちらにともなく訊いた。

白スーツの男は週刊誌を捨て、剝《む》き出しの匕首を構えていた。柄が垢《あか》で黒ずんでいる。刃渡りは三十センチ前後だった。

「もうじき来るよ」

小太りの男が答え、懐に手を滑り込ませた。拳銃を出す気らしい。

不破は腰の後ろに手を回した。手製のブラックジャックを引き抜き、大きく跳躍した。

ブラックジャックを振り下《お》ろす。

空気が躍《おど》った。確かな手応えがあった。

小太りの男は短く呻き、朽木《くちき》のように後ろに倒れた。額から、鮮血が噴《ふ》いている。

「てめえ！」

ミラーグラスの男が刃物を振り回した。

刃先が不破の肩先を掠《かす》めた。

不破はステップバックし、ブラックジャックを唸《うな》らせた。鉄の棒は、相手の腕を叩いた。匕首が泳いだ。

男が怯《ひる》んで、棒立ちになった。

すかさず不破は、ブラックジャックを下から掬《すく》い上げた。

相手の顎の骨が砕《くだ》けた。ミラーグラスが吹っ飛んだ。のっぺりとした顔が現われた。

白いスーツの男は壁に後頭部を打ちつけ、横倒しに転がった。

小太りの男が唸りながら、起き上がった。

消音器《サイレンサー》を嚙ませたハイポイント・コンパクトを構えていた。アメリカ製の大口径ピストルだ。値段は割に安い。

不破は動きを封じられた。

「ブラックジャックを捨てて、床に這《は》いつくばれ！」

小太りの男が言って、スライドを滑らせた。

不破は男を鋭く睨みつけた。

すると、かすかな発射音がした。乳児のくしゃみほどの大きさだった。

放たれた銃弾は、不破の頰すれすれのところを飛んでいった。

衝撃波で、頰の肉が歪《ゆが》んだ。耳鳴りもした。弾《たま》は後ろの壁を穿《うが》ったようだ。

「威《おど》しじゃねえぞ」

「わかったよ」

不破はブラックジャックを足許に捨て、床に這った。惨《みじ》めだった。

小太りの男が近づいてきた。

長い筒状のゴムバッフルが、不破の側頭部に押し当てられた。消音装置の先端だ。

銃口ほど堅くない。

「頭をゆっくりと上げるんだ」

小太りの男が命令した。

不破は少しずつ顔面を上げた。途中で、白いスーツの男が背に跨《また》がってきた。

次の瞬間、不破は湿った布を口のあたりに押しつけられた。薬品の刺激臭が鼻腔を撲《う》つ。布にはクロロホルム液か、エーテル液が含ませてあるらしい。

不破は全身で暴《あば》れた。意思とは裏腹に、四肢《しし》の力が抜けていく。

目も霞み、物がぼやけはじめた。頭の芯が朦朧《もうろう》としてきた。ほどなく急激に意識が混濁した。


それから、どれほどの時間が過ぎ去ったのか。

ふと不破は、われに返った。

手が何かでぬめっていた。血糊だった。

不破は血みどろの匕首を握らされていた。白いスーツの男が持っていた刃物だ。

応接セットの手前に、男が仰向けに倒れていた。

不破は起き上がった。倒れているのは、なんと石津智彦だった。首、左胸、腹の三カ所を刺され、上半身は血塗れだ。微動だにしない。

不破は石津に駆け寄った。

すでに息絶えていた。濃い血臭が吐き気を催《もよお》させる。

不破は匕首を持ったまま、奥の部屋に走った。

誰もいなかった。さっきの二人組は、不破を殺人犯に仕立てる気だったらしい。

窓の外から、パトカーのサイレンがかすかに響いてきた。二人組が警察に密告電話をしたにちがいない。

昔の同僚に緊急逮捕されたら、それこそ最悪だ。心証の悪かった自分は、濡衣を着せられるかもしれない。ひとまず逃げることにした。

不破は小部屋に戻った。

手製のブラックジャックは見当たらない。脱衣室に飛び込んだ。鏡に自分の姿を映す。顔に返り血が付着していた。ジャケットにも、血の染《し》みが散っている。

不破はバスタオルで顔面と手の血を拭《ぬぐ》い取り、匕首を包み込んだ。

さらに脱いだ上着でそれをくるみ、ハンカチで手早く脱衣室のドア・ノブを拭った。

七〇三号室のドアを細く開ける。

廊下に人影はなかった。ドア・ノブの指紋を拭い取り、そっと部屋を出た。

非常口は、エレベーターホールの反対側にあった。非常扉は内側からなら、造作なく開けられる。幸運にも、警報装置は解除されたままだった。

不破は丸めた上着を抱えて、非常階段の踊り場に出た。

風に煽《あお》られそうになった。ホテルの前の通りに、移動中の赤い回転灯が四つ見えた。

不破は身を低くしながら、非常階段を駆け降りた。二階まで下《くだ》ると、通用口の前に覆面パトカーが停まった。

不破はステップにうずくまって、じっと息を潜《ひそ》めた。緊張感が高まった。

パトカーから、刑事課の捜査員たちが次々に降り立った。三人とも、かつての同僚だった。さらに緊張感が膨らむ。自分の心臓音が聞こえそうだった。

二人がすぐにホテルの表玄関に走り、ひとりは路上にたたずんだ。

際《きわ》どい賭けだったが、不破はふたたび静かに階段を降りはじめた。胸の鼓動が高い。いまにも破裂しそうな感じだ。

不破は一階まで降りた。路上の刑事には気づかれなかった。

ホテルの裏庭の方に走る。

和風庭園の中に築山《つきやま》があった。不破はそこから、塀《へい》を乗り越えた。ビルとビルの細い隙間を抜け、裏通りに出た。

走って逃げたい衝動を捩伏《ねじふ》せ、できるだけ自然な足取りで歩いた。明治通りの方向に数百メートル進むと、後ろから一台の車が走ってきた。

不破は、そのまま歩きつづけた。

車が不破の少し先で急停止した。白いカローラだった。不破は身構える気持ちになった。

「早く乗って！」

助手席のパワーウインドーが下がり、尾花未沙が顔を突き出した。

「なぜ、きみがこんな所に⁉」

「いいから、急いで。早く早く！」

「わかった」

不破はカローラの助手席に乗り込んだ。

ドアを閉めきらないうちに、未沙は車を走らせはじめた。

不破は左手の甲で、額の汗を拭った。そのとき、手の甲からパイプ煙草の葉の匂いが立ち昇った。手の甲を嗅いでみる。カプスタンの葉の匂いだ。

二人組のどちらかが、七〇三号室でパイプ煙草を喫《す》ったのか。どちらもパイプ煙草をくゆらせるには、いささか若過ぎる。

同じ葉を誰かが喫《す》っていた。

不破は記憶の糸を手繰《たぐ》った。

すぐに思い出した。確か片桐卓造がカプスタンの葉をパイプに詰めていたはずだ。

卓造が、あの部屋にいたのか。それとも、カプスタンの葉を好む別人が二人組の雇い主なのか。

「わたし、石津社長を尾行してたのよ」

未沙が運転しながら、だしぬけに言った。

「なぜ、きみが石津を尾《つ》けてたんだ?」

「あの社長の弱みを摑みたかったからよ。わたし、強請《ゆすり》屋なの。人材派遣会社に登録して、さまざまな企業のオーナー社長の秘書をやりながら、強請の種《ネタ》を物色してるわけ」

「いまは、冗談につき合える気分じゃないんだ。おれは、ホテルで人殺しにされそうになったんだぜ」

不破は、つい口走ってしまった。

「殺されたのは石津なんじゃない?」

「どうして、きみがそれを知ってるんだ⁉」

「あの男は何か悪さしてたはずよ。事業が思わしくないのに、十日ぐらい前に石津は取引銀行に数千万円ずつ預金してるの。総額で一億円だったわ」

未沙が言って、カローラを右折させた。明治通りだった。

「その話、確かなんだな?」

「ええ、間違いないわ。四つの銀行の預金証書をこの目で見たから。わたし、金庫のダイヤル錠の暗証番号も盗み見て、憶《おぼ》えちゃったの。石津は誰かから一億の現金を脅し取って、自分で預金したんだと思うわ」

「石津は誰かに電話で呼び出されて、さっきのホテルに向かったのか?」

「ええ、そうよ。わたしが受話器を取る前に、石津が先に電話に出たの。だから、残念ながら、電話の相手はわからなかったのよ」

「で、石津を尾《つ》ける気になったってわけか」

「そうなの。ホテルの前の道で張り込んでたら、非常階段を駆け降りてくる不破さんの姿が見えたんで、車を裏の道に回したってわけよ。あなたが抱えてる上着の中には、犯行に使われた凶器が入ってるんでしょ？　出刃庖丁か何か？」

「匕首だよ。おれは娘を誘拐した二人組にあのホテルに連れ込まれて、麻酔液を嗅がされたんだ。順序だてて話すと……」

不破は経過をつぶさに語った。

車は渋谷方向に走っていた。話し終えると、未沙が言った。

「あなたの話、信じるわ。元刑事さんが人殺しなんかするわけないもの」

「きみは何者なんだ⁉」

「さっき言ったでしょ。わたしは強請屋よ。でも、ただの悪党じゃないつもり。だから、あなたと情報交換をしてもらえると思ったの」

「おれに強請の片棒を担《かつ》がせる気なのか？　だったら、相手を選び損なったな。おれは、まだそこまで堕《お》ちちゃいない」

「あなたに強請の手伝いをさせる気はないわ。それは、わたしの仕事よ」

「おれをどこに連れて行く気なんだ？」

不破は訊いた。

「わたしのお部屋にご招待するわ。だけど、誤解しないで欲しいの。別にベッドの中にご招待するつもりで、お連れするわけじゃありませんからね」

「おれが、そんなに女に飢えてるように見えるかい？」

「そう見えなくもないわね。もっとも大人の男は、誰もそういう危険なムードを漂わせてるけど」

未沙がからかうように言って、一気に加速した。

妙な女だ。しかし、何かいい情報を得られるかもしれない。もう少しつき合ってみることにした。

未沙の住むマンションは、恵比寿にあった。

1DKの部屋だった。部屋に入ると、未沙が黒い大きなビニール袋を差し出した。

不破は上着ごと血塗れの匕首《あいくち》をごみ袋に入れ、洗面所で顔と手を洗った。

ダイニングキッチンに戻ると、未沙がコーヒーを淹《い》れていた。彼女に勧められ、不破はダイニングテーブルについた。

ビニール袋に手を突っ込んで、上着のポケットから名刺入れ、札入れ、運転免許証、煙草などを取り出した。返り血の付着したジャケットは、後で刃物やバスタオルと一緒に捨てるつもりだ。

一服し終えたとき、未沙が椅子に腰を下ろした。卓上には、二つのコーヒーカップが載っていた。

「去年の春、癌で亡くなった人権派弁護士の浅沼久敬《あさぬまひさたか》をご存じでしょ？」

「ああ、名前はよく知ってるよ。冤罪《えんざい》に泣く被疑者の弁護ばかり手がけてた老硬骨漢だろう？」

「ええ、そう。わたし、浅沼法律事務所で先生の秘書兼調査員をしてたの」

「そうだったのか」

「浅沼先生は八十一歳で亡くなられたんだけど、青年のような方だったわ。お金になる民事の弁護にはまるで興味を示さず、刑事事件ばかり引き受けてたの」

「浅沼弁護士は若い時分に真犯人を弁護して、別の被疑者を実刑判決に追い込んだ苦《にが》い体験を持ってたんじゃないか。それで冤罪事件の究明に執念を燃やすようになったんだよな。総合雑誌か何かで、老弁護士の手記を読んだことがあるんだ」

不破は言って、コーヒーをブラックで啜《すす》った。キリマンジャロだった。

「それなら、話が早いわ。先生に共鳴する若い弁護士さんは大勢いるの。でも、地味な刑事事件だけじゃ、なかなか食べられないのよね」

「だろうな。国選の弁護士になっても、わずかな収入しか得られないから」

「そうなの。それで多くの弁護士さんが高い志《こころざし》を持ちながらも、生活のために不本意な民事訴訟ばかり手がけてるわけ。わたしは、そういう先生方に資金的な援助をしてあげたいのよ」

「で、女ねずみ小僧を志願したってわけか」

「義賊だなんて意識はないわ。わたし、法網《ほうもう》を巧《たく》みに潜り抜けてる悪党どもが嫌いなの。だから、そういう連中をちょっと懲《こ》らしめてやりたいだけ」

「しかし、強請り取った銭《ぜに》で骨のある弁護士の経済的援助をするってのは、どんなもんかね」

「汚れたお金も遣《つか》い方によって、きれいになるんじゃないかしら？　わたしは、そう思ってるわ」

未沙が悪びれずに言った。

「きみを介して、マネーロンダリングするってわけか」

「それほど思い上がってないわ。お金を洗うのは各先生方よ。わたしは、ただの集金マシンってとこね」

「ある意味じゃ、きみの考え方は危険だな。それに、少々、独善的でもある。しかし、きみのアナーキーな面はちょっと魅力的だ」

「ありがとう。あなたも素敵よ。いつか抱かれたくなるかもしれないわ」

「そういう台詞《せりふ》は、そんな生真面目な顔で言うもんじゃない。まだ恋愛のほうは、女子大生並らしいな」

「初心《うぶ》な振りをしてみただけ。それを見抜けなかった不破さんこそ、少し晩生《おくて》なんじゃありません？」

「こりゃ、まいったな」

不破は頭に手をやった。

「あなたのことは、だいたいわかってるつもりよ。もちろん、裏稼業のこともね。それで、どうかしら？　わたしと手を組んでいただけます？」

「いいだろう。ただし、おれは強請《ゆすり》はやらないぜ」

「それで結構よ。あなたはあなたの正義を貫けばいいいし、わたしはわたしの正義を全《まっと》うするわ。これで、協定の成立ね」

未沙が右手を差し出した。

不破は強く握り返した。思いのほか、指の節は太かった。少林寺拳法に励んできたせいだろう。

3

鍵《キー》が回された。

ロックが外れる。不破は、未沙の手許《てもと》を懐中電灯で照らしていた。

刺殺された石津のオフィスである。

未沙がスペアキーをパンツのポケットに突っ込んだ。こっそり造った合鍵らしい。

不破は、社長室のドアを開けた。

電灯のスイッチを入れるわけにはいかなかった。いつ刑事がここに現われるかもしれない。また、社長の死をニュースで知った従業員たちが職場に集まる可能性もあった。

「わたしは耐火金庫の中を検《しら》べてみるわ」

未沙が自分の懐中電灯を点けた。

「真夜中にこうして他人の事務所に忍び込むのは、妙な気分だな」

「泥棒になったみたい？」

「まあね。しかし、金品を盗みにきたわけじゃないんだ。気にしないようにしよう」

「そうよ。帳簿類は、社長の机の中にあるの」

「そうか」

不破は机の引き出しの合鍵を受け取り、社長席に近づいた。未沙は、ウォール・キャビネットに埋め込まれた金庫の前に片膝をついた。

二人とも手袋をしていた。

未沙はベージュのデシンの手袋だった。不破は軍手を嵌《は》めていた。未沙のマンションのベランダにあった物だ。

不破は腕時計に光を当てた。

あと四、五分で、午前零時になる。何かに取りかかるときは、自然に時刻を確かめる習性が身についていた。刑事だったころの名残《なごり》だろう。

背後で、金庫のダイヤルの回る音が響きはじめた。

不破は鍵穴を懐中電灯で照らし、机の引き出しの錠を解《と》いた。売上帳は最下段にあった。

帳簿は旅行代理店、レストラン、サーフィンショップの三種があった。それぞれ昨年度と本年度の分が揃っていた。

不破は、石津の回転椅子に腰かけた。

帳簿に目を通しはじめる。懐中電灯の光は頼りなかった。数字が読みづらい。

それでも丹念に頁《ページ》を繰《く》りつづけた。

どの業種も去年の春から、赤字を重ねている。ことにサーフィンショップの経営状態が思わしくない。月商は、わずか数十万円だった。

すべての売上帳をチェックしてみたが、記帳におかしな箇所はなかった。入金も調べたが、帳尻はきちんと合っていた。

不破は次に去年のビジネス手帳を捲《めく》ってみた。

日付ごとに、その日のスケジュールがびっしり書き込んであった。石津は各事業所を回り、その間に銀行や得意先に小まめに顔を出している。

団体名や個人名まではっきりと記されているが、〝K氏〟なる人物だけがイニシャルになっていた。石津は昨年中にK氏と十数回会っている。そのうちの三回は、〝入金予定〟とメモされていた。

このK氏というのは、片桐卓造だろう。きっと石津は里香から渡された情事のテープで、たびたび卓造から金をせびっていたにちがいない。

不破はそう思いながら、今年のビジネス手帳を探した。

しかし、どこにもなかった。石津が持ち歩いていたのだろう。死体の上着の内ポケットにでも入っているのか。

「おかしいわ」

未沙が言った。

不破は椅子ごと振り返った。

「何が?」

「四枚の預金証書が、この金庫に入ってたはずなんだけど」

「おおかた石津が自宅に持ち帰ったんだろう。長いこと会社に置いとくのは、危《ヤバ》いと思ったんじゃないか」

「そうかもしれないけど、自宅に持ち帰ったら、奥さんに見られる恐れがあるわ」

「それもそうだな。それじゃ、銀行の貸金庫にでも保管してあるんだろう」

「そうかしら？」

「録音音声のメモリーやネガフィルムの類《たぐい》は？」

「そういうものは何もないわ。机の中はどう？」

「こっちにもなさそうだな。録音音声か写真を強請《ゆすり》のネタにしてたら、机やキャビネットの中には隠さないかもしれない」

不破は言った。

「確かに相手に物色されたときのことを考えると、机、キャビネット、金庫なんかは隠し場所として、最適とは言えないわね」

「ああ。もっと意外な場所に隠しそうだな」

「たとえば、冷蔵庫の中や空調機器の中なんてとこね。鉢の中なんかも怪しいわ」

「手分けして探してみよう」

「ええ」

未沙が耐火金庫の扉を閉めた。

不破も机の引き出しを元に直し、椅子から立ち上がった。

未沙が社長室を出ていった。

不破はウォール・キャビネットに歩み寄り、書物の裏に手を突っ込んでみた。指先に触れるものはなかった。置時計、花瓶、鳥の模型《デコイ》の周辺にも光を向けたが、探し物は見つからない。

応接セットも仔細《しさい》に調べてみた。しかし、徒労に終わった。

不破は急に尿意を覚えた。

社長室を出る。円《まる》い小さな光が流し台のあたりで揺れ動いていた。未沙は調理台の下を覗き込んでいるようだ。

不破は、受付のそばにあるトイレに入った。

懐中電灯で洋式便器を照らしながら、用を足す。水洗のコックを捻ったとき、貯水タンクの中でかすかな異常音がした。水がタンクの底を打つ音に混じって、別の音が響いてきたのだ。

不破は貯水タンクの蓋《ふた》を取って、中を覗いてみた。

プラスチック容器が沈んでいる。中身は、マッチ箱ほどの大きさのカセットだった。

貯水タンクの水は、ほぼ満杯になりかけていた。

不破はシャツの袖を肘《ひじ》の上まで捲《まく》り上げ、ふたたびコックを捻った。タンクの水が勢いよく便器に吐き出された。

不破は右腕をタンクの中に入れ、プラスチック容器を抓《つま》み上げた。

容器の底には、十数個のパチンコ玉が入っていた。重《おも》しだろう。

プラスチック容器の上蓋《うわぶた》を開ける。

中身は、固定電話の留守録音用のマイクロカセットだった。ビニール袋で封印されていた。

妙な場所に隠したものだ。これでは、なかなか見つからなかったはずである。

不破は貯水タンクに蓋をして、手洗いを出た。

「こっちにもないわ」

未沙が力なく言った。不破は明るく告げた。

「貯水タンクの中にマイクロカセットが入ってたよ。留守録用のやつだ」

「あの電話も留守録の機能付きよ」

未沙がそう言いながら、受付席に走っていった。

不破は大股で未沙を追った。

未沙が受付の電話機から、マイクロカセットを取り除いた。不破は封印されたカセットをビニール袋から引き出し、小さなレコーダーに埋めた。

すぐに再生ボタンを押す。仕事関係の伝言が一件あり、そのあと切迫した男の声が響いてきた。

片桐です。いま、『インテリア牧村』の近くにいるんですが、できたら赤坂の元のオフィスに来てもらえませんか。親父が牧村に談判してやるって興奮してるんですよ。車の中に、散弾銃、高圧電流銃《スタンガン》、粘着テープなんかを積んでるんだ。親父は捨て身で牧村と対決する気なんだと思う。警察沙汰にはしたくないんです。しかし、ぼくひとりだけじゃ、親父の興奮を鎮《しず》められそうもない。石津さん、どうか力を貸してください。お願いします。

伝言は、そこで切れていた。

すぐに電話機に吹き込まれた女の声が、録音日時を教えてくれた。片桐洋介の死体が発見された前夜の十時六分らしかった。正確な日時を断定できないのは、録音された年度が不明だったからだ。

不破たちは、その後のメッセージも聴いてみた。だが、事件には無関係のものばかりだった。

マイクロカセットが停止した。

「電話の主は片桐洋介ね」

未沙が先に口を開いた。

「ああ、間違いない。状況から判断して、片桐卓造が自殺に見せかけて自分の息子を殺したんだろう。石津は、この録音音声で卓造から一億円の口止《ど》め料を脅し取ったと考えられるね」

「卓造が、なぜ、そんなことを⁉」

「殺害の動機は、まだ謎だ。しかし、卓造が自分の倅《せがれ》を葬ったと考えてもいいだろう」

「でも、二人は親子なのよ」

「肉親同士の殺人は、それほど珍しいことじゃないさ。たとえ親子や兄弟だって、憎しみ合えば、殺意を抱くだろう」

不破はそう言いながらも、重苦しい気分になっていた。

肉親同士の血腥《ちなまぐさ》い事件には、救いがなさすぎる。ただ暗く、哀《かな》しい。

「近親憎悪って言葉もあるけど、片桐父子はうまくいってたんでしょ？」

「おれが調べた範囲では、少なくとも憎み合ってはいなかった。ただね、片桐卓造が亡妻の遺産相続の件で不満を持ってたかもしれないんだ」

「不破さんから聞いた話だと、片桐卓造は遺産の三分の一しか相続してないのよね？」

未沙が確認するような口調で言った。

「その話の裏付けは取ってないが、洋介の前夫人の神谷里香はそう言ってた」

「片桐家の顧問弁護士さんの名前、わかるかしら？」

「待ってくれ。いま、思い出すよ。広瀬、広瀬慎一だ」

「広瀬弁護士なら、よく知ってるわ。浅沼先生のお弟子さんのひとりよ。最近は、おいしい民事ばかり扱ってるみたいだけど」

「知り合いなら、そのあたりのことを確認してもらえるかい？」

不破は言って、マイクロカセットを取り出した。未沙が元のテープをレコーダーに押し込みながら、すぐに快諾《かいだく》してくれた。

「ついでに、広瀬弁護士から卓造のプライベートなことも聞き出してもらいたいんだ」

「プライベートなこと？」

「ああ。きみの部屋で、卓造に隠し子がいるらしいって話はしたよな？」

「ええ、聞いたわ。それで卓造は、西原芽衣って娘《こ》をわが子のように可愛がってるって話だったわね」

「そうなんだ」

「その芽衣って娘《こ》が、実は卓造の隠し子だったとでも推理したわけ？　もし、そうだったら、片桐洋介は畑違いの妹と浮気をしてたことになるわね。それで、卓造が焦《あせ》って、息子の洋介を手にかけた——。ちょっとドラマじみてるけど、あり得るかもしれないわ」

「芽衣は、卓造の隠し子じゃないような気がするな。容姿に、まるで相似点《そうじてん》がないいんだ。顔立ちが似てるってことでは、むしろ未亡人の小夜子のほうが……」

　不破はそこまで言って、慌てて打ち消した。

「いや、小夜子が卓造の子であるはずない。そうだとしたら、洋介と小夜子は異母兄妹になっちまう。卓造が二人の結婚を許すわけはない」

「洋介が卓造の実子じゃないとしたら、二人に血の繋がりはないわけよね。そういう可能性は、まったくないかなあ」

　未沙が語尾を長く伸ばした。

「可能性がゼロとは言わないが……」

「卓造は恩人の片桐房之助に押し切られて、死んだ奥さんと結婚したんだったわね？」

「そういう話だったな。洋介の母親の綾子は、かなりわがままな女だったらしいんだ」

「わがままな家付き娘だったら、好き勝手に生きてきたんじゃないのかしら？　もしかしたら、綾子は結婚できない男性と恋愛して、洋介を宿したまま……」

「そこまでやれる女だったら、親に言われるままに卓造を婿に迎えたりするかね」

「いくら奔放な生き方をしてきた女性でも姉妹がいない場合は、やはり家を継《つ》がなければという意識は捨てきれないんじゃない？　まして父親が貿易商として成功してたわけだから」

「きみの推測をもっと聞かせてくれないか。名探偵かもしれないからな」

「他人《ひと》を冷やかすような言い方って、あまり感心できないわよ」

「むくれないで、話をつづけてくれないか」

不破は促した。

「いいわ。洋介が実子じゃないとしたら、卓造の犯行動機は強くなってくるわね。他人の子を育てさせられた揚句《あげく》、遺産の取り分が息子よりも少ないんじゃ、面白くないはずよ」

「そうだろうな」

「だけど、殺害の動機はお金じゃないと思うの。洋介を殺しても、凍結されてる十六億円以上の遺産は片桐小夜子が相続するわけだから」

「そうだな。ただ、洋介が小夜子と離婚して西原芽衣を三度目の妻にする気でいたとしたら、ちょっと事情が違ってくるぜ」

「ええ。小夜子は慰藉料は貰えても、莫大な遺産を得ることはできなくなる。卓造が洋介を殺したんだとしたら、動機はそのあたりにありそうね」

未沙が受付席のカウンターを叩いた。かなり大きな音がした。

「おい、おい」

「ごめんなさい。つい興奮しちゃって。それより、いまの話、どう思う?」

「案外、いいとこを衝《つ》いてるかもしれない」

「卓造は女に手が早いって話だったけど、それも里香を洋介から引き離すのが目的だったんじゃない？　里香を犯したのは、そのためだったのよ」

「卓造は、小夜子を洋介の後妻にして、十六億円以上の遺産を彼女に相続させる気だったというんだね？」

「ええ、おそらくね。ひょっとしたら、小夜子も共犯なのかもしれないわ」

「おれの依頼人は、そんなことをするような女には見えないがな」

不破は言った。

「甘いな。女って、生まれながらの役者なのよ。その気になれば、どんな芝居もできるんだから。外見の優しさなんかに惑《まど》わされちゃ、駄目よ」

「そうだな。きみだって、女強請屋には見えない」

「話を逸《そ》らさないで。小夜子って未亡人が共犯かどうかはわからないけど、卓造が彼女に特別な思い入れを持ってることは間違いなさそうね」

「思い入れ？」

「ええ。それが恋愛感情か親の愛情なのか、まだ何とも言えないけどね。とにかく、卓造と小夜子の関係も探《さぐ》ったほうがいいと思うわ。そこから、きっと何かが見えてくるはずよ」

未沙が自信たっぷりに言った。

「女の直感ってやつかい？」

「まあ、そんなとこね。それより、ここにあんまり長居しないほうがいいんじゃない？」

「そうだな。引き揚げるか」

不破はマイクロカセットを胸ポケットに入れ、出入口に急いだ。

二人は『ユニバーサル・コーポレーション』を出ると、エレベーターで地下駐車場に降りた。ここには、未沙のカローラでやって来た。不破の車は、まだ新宿スカイホテルの地下駐車場にある。

二人がカローラに近づいたときだった。

未沙が不意に不破に抱きつき、唇を重ねてきた。その唐突な行動に、不破は戸惑った。

「しっかり抱いて、わたしの唇を強く吸って」

未沙がくちづけを中断させ、囁くように言った。

「なぜ、急に？」

「覆面パトカーがスロープを下《くだ》ってきたの。振り向かないで。恋人同士の振りをして、警察の車を遣《や》り過ごしましょう」

「そいつは名案だ」

不破は言うなり、未沙の唇を烈《はげ》しく貪《むさぼ》りはじめた。

未沙も情熱的に唇を吸い返してきた。ほどなく、覆面パトカーが近づいてきた。

不破は顔を隠しながら、薄目を開けた。車内には、新宿署の刑事たちの姿があった。

覆面パトカーはいったん停止したが、すぐに遠ざかっていった。

不破は舌を伸ばした。

その矢先、未沙の腰に回した手に爪を立てられた。未沙が軽く不破の胸を押し返し、小声で言った。

「お芝居は、ここまでよ。早く車に乗りましょ」

「残念だが、そうするか」

不破は照れ笑いをし、カローラの助手席に回り込んだ。口中には、ルージュの甘い味が残っていた。

4

坂道の途中で、タクシーを降りた。

目的地のだいぶ手前だった。運転手が訝《いぶか》しそうな顔で釣銭を差し出した。

不破はそれを受け取って、手脚《てあし》を大きく伸ばした。

強張《こわば》っていた全身の筋肉が快くほぐれていく。乗り物に揺られ通しだった。

新千歳《ちとせ》空港から高速バスで札幌に出て、函館本線の急行ニセコで小樽まで来た。さらに小樽駅前からタクシーに五、六分乗って、この坂の多い町にたどり着いたのである。

小夜子の伯父の家が近くにあるはずだった。

川鍋政茂《かわなべまさしげ》なる伯父には、なんの連絡も取っていなかった。自宅にいるかどうかもわからない。

石津が殺されてから、三日目の夕方だった。

不破は、依頼人の小夜子が卓造の隠し子かどうか確かめにきたのだ。

未沙が知り合いの広瀬弁護士から聞いた話によると、小夜子の母親の川鍋清子《きよこ》は二十代の一時期、『片桐商会』でタイピストをしていたらしい。当時、専務だった卓造は清子に目をかけていたという。

また、片桐家に長くいるお手伝いの証言によれば、片桐綾子は結婚直前まで妻子ある洋画家と密会を重ねていたそうだ。そして、綾子は挙式前に悪阻《つわり》に苦しめられていたという話だった。

血液型から、洋介が卓造の実子ではないことも裏付けられている。

卓造と綾子の血液型は、ともにO型だった。父母がO型の場合は、子供は必ずO型になる。しかし、洋介はA型だった。

さらに、洋介の死が確認された日の前夜、卓造は自らベンツを運転して外出している。卓造が帰宅したのは、午前二時半ごろだったらしい。

それについては、二人のお手伝いの証言は完全に一致していた。

彼女たちは、碑文谷の片桐邸に石津が何度か卓造を訪ねてきたことも認めている。しかも、そのたびに卓造は怒声を張り上げていたという。

石津が卓造を恐喝していたことは、もはや疑いの余地はない。石津の高額な入金額と卓造の預金引き出し額が、みごとに符合していたからだ。

おそらく石津は洋介の伝言テープを聴き、『インテリア牧村』に駆けつけたのだろう。

しかし、そこに牧村の姿はなかった。ビルから現われた卓造を目撃した石津は、友人の父親の行動に疑惑を抱きはじめたのではないか。

そして彼は洋介の伝言テープで、卓造に揺さぶりをかけたにちがいない。卓造は殺害現場を見られたかもしれないという強迫観念に怯《おび》え、石津のはったりを鵜呑《うの》みにしてしまったのだろう。

石津がさも決定的な証拠を握っているような脅し方をしたことは、容易に想像がつく。

淫蕩《いんとう》な録音音声で無心された上に一億円も強請り取られた卓造は堪《たま》り兼ねて、石津を抹殺する気になったのではないか。

しかし、直《じか》に手を汚したとは思えない。犯罪のプロに石津を始末させたのだろう。不破は牧村義樹と卓造の接点を探《さぐ》ってみたが、二人の結びつきはついに摑めなかった。火傷《やけど》を負った牧村は、いまも四谷の救急病院に入院中だ。

卓造はきのうの朝から、姿をくらましている。

誰にも行き先を告げずに、ベンツで自宅を出たらしい。いずれ捜査の手が伸びてくることを予想し、逃亡する気になったのか。

問題は、小夜子が卓造の共犯者なのかどうかだ。

不破は煙草に火を点け、視線を遠くに放った。

なだらかな傾斜地の裾野に、小樽の市街地が左右に拡《ひろ》がっている。都《みやこ》通りや花園《はなぞの》銀座通りのビル群の向こうには、石狩湾が見えた。

夕陽を吸った海面は緋色《ひいろ》に燃えていた。はるか遠くに増毛《ましけ》連山が横たわっている。

小樽を訪れたのは、初めてではない。

まだ娘の志穂が生まれていないころ、元妻と来ている。駅前の中央通りを運河まで歩き、恭子と古い港町の面影を偲《しの》んだものだ。

石造りの倉庫や日本銀行小樽支店の前では、写真を撮《と》り合った。

博物館や小樽文学館も巡《めぐ》った。バスで祝津《しゅくつ》の海岸公園まで出かけ、高島岬の突端にある鰊《にしん》御殿や日和山灯台も見物した。

恭子は、乱舞する海猫の鳴き声を気味悪がった。そのことも記憶に鮮やかだ。

しかし、小樽駅の背後にある高台のこのあたりには一歩も足を踏み入れなかった。趣《おもむき》のある住宅街だった。

不破は煙草を喫《す》いながら、坂道を登りはじめた。

北国の春は遅い。五月も半《なか》ばを過ぎていたが、家々の庭木はようやく若葉に彩《いろど》られたところだった。

いくぶん肌寒い。だが、風は爽《さわ》やかだ。湿気が少ないからだろうか。

煙草の火を踏み消し、少しずつ歩幅を広くしていく。追い風だった。

五分ほど坂を登ると、左側に川鍋の家があった。

建物は古めかしかったが、造りのしっかりした二階家だった。庭も割に広い。

不破はネクタイを締め直し、門柱に近づいた。グリーングレイの背広姿だった。

古びた呼び鈴を鳴らすと、家の中から五十四、五歳の女が現われた。

色白で、どこか控え目な印象を与える。身なりも地味だった。

「わたし、東京の広瀬法律事務所の者ですが、川鍋政茂さんはご在宅でしょうか？」

不破は門を潜《くぐ》り、偽名刺を差し出した。

スピード印刷屋で作らせた名刺だった。調査員になりすましたのだ。

「主人はおりますが、どのようなご用件でしょう？」

「片桐卓造さんのことで、ちょっと……」

「えっ⁉」

川鍋の妻は明らかに狼狽した。

「ご存じですね、卓造さんを？」

「さあ、聞いたようなお名前ですけど、ちょっと心当たりがありません」

「警戒なさらないでください。旧姓、寺久保卓造さんのことですよ。認知はされていませんが、あなた方の姪の小夜子さんの実父です」

不破は思い切って言ってみた。相手の顔に、驚きの色が浮かんだ。

「ご主人に会わせてください。小夜子さんにとって、決して悪い話ではないんですよ」

「少々、お待ちください。いま、主人に取り次ぎますので」

川鍋夫人は、あたふたと玄関に駆け込んだ。

探《さぐ》り方が卑劣な気もするが、仕方がない。不破は疚《やま》しさを抑え込んだ。

待つほどもなく、川鍋の妻が戻ってきた。

「主人がお目にかかるそうです」

「恐縮です」

不破は導かれ、家の中に入った。

通されたのは玄関脇の洋間だった。そこに、六十二、三歳の男がいた。

それが川鍋政茂だった。押し出しがよく、品もあった。オープンシャツの上に、薄手のカーディガンを羽織っている。夫人が部屋を出ていった。

不破は古めかしい応接ソファに坐った。

部屋の隅に、旧式のフロアスタンドがあった。

未沙の報告によると、川鍋はごく最近まで地元の自動車販売会社に勤めていたらしい。いまは、年金と退職金で暮らしているという話だった。

「卓造さんが、弁護士の方に小夜子のことを打ち明けたんですね？」

川鍋が老眼鏡を外し、偽名刺をシャツの胸ポケットにしまい込んだ。

「そうです」

「そのことを小夜子にはもう話されたんですか？」

「いいえ、まだです。卓造さんの話が事実かどうか確かめた上で……」

「そうですか。小夜子は、わたしの妹の清子と卓造さんの間にできた子供です。事情があって、妹は未婚の母親になったわけです。そのあたりのことは、もうご存じでしょ？」

「ええ、だいたいね」

不破は後ろめたかった。すぐにも辞去したいような心持ちだった。

「小夜子が洋介さんと結婚したいって言ったときは、びっくりしました。つくづく運命の皮肉さを感じましたね。もちろん、結婚には反対するつもりでした。まさか腹違いの兄妹《きょうだい》を一緒にさせるわけにはいかないですからね。思い悩んでいるとき、東京から卓造さんが駆けつけたんです」

「それで、洋介さんが卓造さんの実子じゃないってことがおわかりになったわけですね？」

「ええ、そうなんです。そんなわけで、小夜子たちの結婚を許す気になったんです。小夜子は、いまも卓造さんが実の父親だとは気づいていないはずです。ただ、不安がないでもないんですよ。卓造さんと小夜子は、目のあたりがとてもよく似てるんです」

川鍋が複雑な表情になった。

「小夜子さんが何かの拍子に、自分と卓造さんの間柄に勘づいてしまったということは考えられますか？」

「まだ気づいてはいないと思います。ただ、小夜子は勘の鋭い子だから、時々、不安になることはあります」

「そうですか」

不破は上着の内ポケットから、両切りピースとライターを摑み出した。

そのとき、川鍋の妻が緑茶を運んできた。すぐに彼女は、ドアの向こうに消えた。

「ところで、卓造さんはあなたの法律事務所にどんな相談をされたんです？」

「自分の全財産を小夜子さんに相続させたいという遺言状を作成したいと言ってこられたんです。片桐家の縁者には、鐚《びた》一文も譲りたくないお気持ちのようです」

不破はもっともらしく言って、ライターを鳴らした。

「卓造さんを恨んだこともありますが、あの人も片桐家ではだいぶ辛い思いをされたんでしょう。間接的に聞いたことですが、奥さんは亡くなるまで卓造さんを使用人扱いしてたという話ですからね。先代の房之助さんも、卓造さんのことを書生か何かと思ってたのかもしれないな。だから、他人の子を孕《はら》んでる娘を卓造さんに押しつけたりしたんでしょう」

「そうだったのかもしれませんね」

「卓造さんの腑甲斐《ふがい》なさも腹立たしいが、考えてみれば、あの人も気の毒なんです。たった一度の人生なのに、自分の思ったように生きられなかったわけですから」

川鍋がそう言い、茶を啜《すす》った。

小夜子は、二つの殺人事件には関わっていないようだ。彼女や自分にバイクの二人組を差し向けたのも、卓造だったのだろう。それから、自分を石津殺しの犯人に仕立てようとしたのも、あの老人にちがいない。

不破は煙を薄く吐きながら、密かに確信を深めていた。

ただ、一つだけ納得のいかないことがあった。それは、小夜子が久我山の自宅の売却依頼を数日前に急に断った事実だ。一昨日《おととい》、不破は西急不動産渋谷営業所を訪ね、そのことを知ったのである。

売却中止を願い出たのは、小夜子自身らしかった。違約金はすんなり払ったという。自宅を処分する必要がなくなったのは、何らかの理由で入金の目処《めど》がついたからだろう。

小夜子は卓造が実の父親と見抜き、経済的な援助を求めたのだろうか。あるいは、卓造が犯行に手を貸してくれた小夜子に〝謝礼〟を払ったのか。

思い返してみると、小夜子にも怪しい点がなくもない。

彼女は不破が元刑事だと知ったとき、うろたえた様子だった。依頼に訪れた翌朝、マンションにやって来たことも不自然といえば、不自然だろう。

あれは、不破が二人組の暴漢に襲われたかどうかを確かめに訪れたのか。

そうした疑念を感じながらも、不破はなおも小夜子を信じたかった。

「あっ、指が焦《こ》げますよ」

川鍋が叫んだ。不破は反射的に、極端に短くなった煙草を灰皿に投げ入れた。

灰皿には、少量の水が入っていた。煙草の火は音をたてて消えた。

「すみません。うっかりしてたもんで」

「気になさらないでください。卓造さんは、小夜子を妹に任せっぱなしにしたことをそういう形で償《つぐな》ってくれる気になったんでしょう。妹の清子は死ぬまで卓造さんを恨むことはなかったが、心の底では少しは……」

「そうでしょうね。女手ひとつで子供を育て上げるのは、大変なことですから」

「ええ。妹は昼間は事務員、夜は皿洗いをしながら、小夜子を大きくしたんですよ。あんなに苦労したのに、小夜子の花嫁姿を見ないうちに若死にしてしまって……」

川鍋が目を潤《うる》ませた。

不破は見ない振りをして、緑茶を口に含んだ。

いとまを告げたのは、およそ三十分後だった。外に出ると、暗くなっていた。

坂道を下《くだ》りはじめたとき、右の肩口に風圧を感じた。銃弾の衝撃波だった。

不破は身を屈《かが》めながら、素早く振り返った。坂の上に、人影があった。

銃口炎《マズル・フラッシュ》が瞬《またた》いた。

銃声はしなかった。サイレンサー付きの拳銃で狙撃されたのだ。弾丸は頭上を駆け抜けていった。

不破は近くの生垣《いけがき》に逃れた。

三弾目の銃弾が、すぐ目の前で跳《は》ねた。

火花が散った。跳弾は、数軒後ろの家のガレージの鉄柱にぶち当たった。鋭い金属音がした。

その音にたじろいだらしく、急に狙撃者が身を翻《ひるがえ》した。

不破は、すぐに追った。坂道を疾駆《しっく》しながら、ネクタイの結び目を緩《ゆる》める。

敵も全力で走り、坂を登りきった。走り方から察して、まだ若い男だろう。

不破も高台の頂《いただき》まで駆け上がった。

そのとき、近くの繁みで小さな火が明滅した。

銃口炎だった。不破は路面に身を伏せた。

放たれた銃弾は、標的から大きく逸《そ》れていた。

暗がりで、灌木の枝と葉が揺れた。狙撃者が逃げていく。不破は起き上がって、繁みに身を躍らせた。小枝が何本か折れた。葉も千切《ちぎ》れた。

あたりは、公園のようになっていた。旭《あさひ》展望台の外れらしい。樹木の間を縫《ぬ》っていると、またもや拳銃が点のような火を噴《ふ》いた。

さほど遠くない場所だった。すぐそばの樹皮が弾け飛んだ。着弾音は大きかった。

これだけ樹木があれば、まず命中しないだろう。

不破は怯《ひる》まなかった。

硝煙の臭《にお》いのする方に走った。銃声は轟かない。弾《たま》切れか。

不破は一気に距離を詰めた。

十数メートル先に、黒っぽい人影が見えた。

予備のマガジンクリップを銃把《グリップ》に入れかけているようだ。不破は駆け寄るなり、相手に組みついた。

男が拳銃を落とした。不破は相手の体勢を揺さぶり崩し、体《たい》落としをかけた。

相手が樹木の幹に腰を打ちつけ、地べたに倒れた。

すかさず不破は敵を俯《うつぶ》せにし、右腕を捩《ねじ》り上げた。肘《ひじ》の関節を逆に思うさま反《そ》らせる。

相手が悲鳴をあげた。

かまわず不破は、関節技《わざ》をかけつづけた。腕ひしぎ十字固めだった。さらに力を加えれば、相手の関節は外れてしまう。

「痛《いて》えよ、やめてくれーっ」

男が喚《わめ》いた。聞き覚えのある声だった。

不破は手を放し、ライターを擦った。炎を最大に調節する。あたりが明るんだ。

なんと狙撃者は、関根組の浜井というチンピラだった。

不破は、足許に落ちている消音器付きのベレッタ84FSチータを拾い上げた。イタリア製の中型ピストルだ。

弾倉には、新しい実包が詰まっていた。

不破は浜井の体の近くに、無言で銃弾を三発埋め込んだ。そのつど、土塊《つちくれ》が飛散した。

「こ、殺さねえでくれーっ」

「誰に頼まれた?」

不破は銃口を浜井の顔面に向けた。左手に持ったライターが、早くも熱を持ちはじめていた。

「うちの組長《オヤジ》だよ。あんたの命《タマ》奪《と》れって、その拳銃《ドウグ》と五十万渡されたんだ」

「関根組が、なんでおれを狙うんだっ。偽情報《ガセネタ》喰わせる気なら、おまえを撃つぞ」

「う、嘘じゃねえ。組長《オヤジ》も渋谷の兄弟分に頼まれたらしい。詳しいことは、羽島《はじま》組の組長に訊いてくれ」

「おまえ、それでもヤー公か。少しは根性見せろ。すぐに自供《ゲロ》するとは、情けない奴だ」

「だけど、おれ、まだ死人《マンジユウ》になりたくねえもん」

「まだ隠してることがありそうだな。羽島におれを殺してくれって頼んだのは、誰なんだっ」

「ほんとに、そこまでは知らねえんだ。ただ、殺しを頼んできたのは堅気のおっさんみてえだな。貸ビルを持ってるとかって奴だよ。思い当たる奴がいるんじゃねえの?」

「まあな。おまえ、バイクに乗れるか?」

「いや、二輪は乗れないんだ。中学んとき、無免許で一、二度乗っただけでね。バイクがなんなの？」

「羽島組に二輪を転がしてる奴は？」

「いるよ、暴走族《ゾク》上がりの奴らが二、三人ね」

「おまえ、たったの五十万で殺しを請け負ったのか？」

「そうだよ。でも、うまくヒットできたら、舎弟頭補佐にしてくれるって話だったんだ。それから、兄貴の情婦《おんな》も譲ってもらえることになってたんだよ」

「そいつは残念だったな。しばらく、ここで星を眺めてろ」

「えっ？」

浜井が素《す》っ頓狂《とんきょう》な声をあげた。

不破は少し退《さ》がって、浜井の太腿に銃弾を浴びせた。浜井が凄まじい声をあげ、体を丸めた。

殺しの依頼人は卓造なのだろう。

不破はライターの炎を消し、ベレッタ84FSチータを闇に投げた。暴発はしなかった。

雑木林を出ると、ちょうど客を降ろしかけているタクシーが目に留まった。

不破は、その車に走り寄った。

「運転手さん、小樽駅まで行ってもらえます?」

「いいですよ」
五十三、四歳の運転手が愛想よく言った。
不破はタクシーに乗り込んだ。

車が走りだした。カーラジオから、ニュースが洩《も》れてくる。不破は、ぼんやりと耳を傾けた。

「次のニュースです。きょうの午後四時過ぎ、室蘭沖二十キロの海上で初老の男性がカーフェリーの甲板から投身した模様です。この男性は東京・目黒区碑文谷の貸ビル経営会社社長、片桐卓造さん、六十四歳とわかりました」

男性アナウンサーが間《ま》を取って、すぐに言い継《つ》いだ。

「このカーフェリーは東京の有明《ありあけ》埠頭を出航し、室蘭港をめざしていました。デッキには、脱いだ革靴と遺書が置かれていました。このことから、覚悟の投身自殺と思われます。現在、海上保安庁が捜索中ですが、まだ遺体は発見されていません。次は釧路で発生した火災のニュースです」

また、アナウンサーが言葉を切った。

卓造は追いつめられたことを覚《さと》り、人生にピリオドを打ったのか。そうではなく、狂言自殺なのだろうか。

不破はシートに深く凭《もた》れた。どちらとも判断できなかった。

5

乗船者名簿が差し出された。

不破は目顔で謝意を示し、すぐに名簿を繰《く》りはじめた。有明埠頭にあるカーフェリー運航会社のカウンターだ。

小樽から戻って、五日が経《た》っていた。

不破は片桐卓造の身内を装って、名簿を見せてもらったのである。三日前に、室蘭沖で卓造の衣服や所持品の一部が収容されていた。しかし、肝心の遺体は未《いま》だに見つかっていない。

狂言自殺の疑いが強まってきた。

新聞やテレビの報道は、ほぼ卓造が投身自殺したものと決めてかかっている。確かに室蘭港に横づけされたカーフェリーの船内には、卓造の姿は見当たらなかったようだ。ベンツだけが取り残されていたらしい。

しかし、卓造は実際に身を躍《おど》らせたのだろうか。

彼が甲板で、じっと海を見つめていたところを複数の男女が目撃している。だが、彼らは卓造が海に飛び込む瞬間は見ていない。

大きな水音を耳にし、波間に浮かんだ卓造のコートを見たきりだ。つまり、自殺を決定づける証拠はないことになる。

それが疑惑の出発点だった。

簡単なトリックを使えば、卓造は投身自殺を図ったと見せかけ、密かに下船することもできる。海に飛び込んだ振りをして、協力者の車のトランクルームに身を隠すだけでいい。

もし同じカーフェリーに卓造の知人が乗船していれば、狂言の疑いは一段と濃くなってくる。

不破は乗船者の名を一つずつ目で追った。

リストの最後のほうに、気になる名前が載《の》っていた。西脇芽衣子《にしわきめいこ》という名だった。

どうも西原芽衣の偽名臭い。ちょっと芽衣を揺さぶってみるか。

不破は名簿を閉じ、女性社員に返した。

「片桐さんのご遺体、早く収容されるといいですね」

「ええ。叔父が室蘭行きのカーフェリーに乗ったのは、やっぱり間違いないようです。叔父が自殺するようには見えなかったんで、この名簿を見せていただいたんですがね」

「お気持ち、よくわかります」

相手が同情を含んだ目を向けてきた。

不破は改めて礼を言って、表に出た。

埠頭には、大型のカーフェリーが碇泊《ていはく》していた。一万トン以上はありそうだ。発着場には、数十台の車が待機している。大型保冷車が目立つ。

午後五時近かった。

不破は自分の車に乗り込んだ。薄手のウールジャケットに、下はチノクロスパンツだった。

東京フェリーターミナルを離れ、東雲《しののめ》、豊洲《とよす》、塩浜《しおはま》の工場地帯を抜け、永代《えいたい》通りに出た。日本橋で昭和通りを北上し、東大の先で白山《はくさん》通りに入る。

西原芽衣の住むマンションまで、三十分近くかかった。

不破は車をマンションの前に駐《と》め、三階に駆け上がった。芽衣の部屋には、電灯が点いていた。だが、応答はなかった。

近くに買物に出かけたのかもしれない。

不破は車の中で待つことにした。二階まで降りると、下から紙袋を胸に抱えた女が上がってきた。当の芽衣だった。

「よう！　卓造のことで、ちょっと訊きたいことがあってな」

不破は声をかけた。

するると、芽衣が背を向けた。すぐに彼女は階段を駆け降りはじめた。不破は追った。芽衣は階段の下で足を踏み外し、アプローチに前のめりに倒れた。

紙袋が吹っ飛び、男物の靴下や下着が零《こぼ》れた。どれも年輩者向きのものだった。

芽衣が落とした物を慌てて紙袋に突っ込み、急いで立ち上がった。ピンクのTシャツの上に、ジーンズの上下を着ていた。

不破は芽衣のベルトを摑んだ。

「靴下や下着は、パパのもんだなっ。卓造は、きみの部屋に隠れてるのか？」

「なに言ってんのよ。パパは自殺して、もうこの世にいないわ。あんた、新聞も読まないの？」

「きみは、もっと別の偽名を使うべきだったな。西脇芽衣子なんて名じゃ、すぐにバレちまうぜ。ついさっき、カーフェリーの会社で乗船者名簿を見せてもらったんだ」

「なんのこと？」

「もう空とぼけても無駄だよ。こっちは、きみが卓造と同じフェリーで室蘭に行ったこともわかってるんだ」

「ええっ」

「きみは自分の車のトランクにパパを乗せて、下船したなっ」

「どうして、どうしてわかったの⁉」

芽衣が蒼《あお》ざめながら、高い声を発した。

「トリックがありきたり過ぎたからさ。もう少しパパは頭を使うべきだったな」

「あんた、ほんとは何者なの⁉」

「パパは何も言わなかったのか」

「あんたのことを話したら、もう相手にするなって言っただけで……」

「そうか。卓造の居所を教えてくれ。あの男を匿《かくま》ってると、きみまで警察に捕まることになるぞ。卓造は、きみの彼氏だった洋介を殺してるんだ。それから、石津もやくざに殺させてるはずだよ」

「嘘でしょ。なんで、パパが洋介さんを殺さなきゃならないの⁉」

「いいだろう。その理由《わけ》を教えてやる」

不破は経過を話した。黙って聞いていた芽衣の瞳が、涙で大きく膨れ上がった。

「ひどい、ひどいわ。あたし、パパのこと、ほんとのお父さんより好きだったのに」

「卓造はどこにいる？」

「羽島って友達の別荘にいるわ。別荘といっても、千葉の勝浦《かつうら》にあるんだけど」

「その羽島って、渋谷の羽島組の組長だな？」

「そうよ。羽島さんは若いころ、パパの会社でトラックの運転手をしてたんだって」

「なるほど、それですべて読めたよ」

「さっきの話、ほんとなの？」

芽衣が涙を拭いながら、くぐもり声で問いかけてきた。

「卓造に直接、訊いてみるんだな。これから、おれを勝浦の別荘に案内してくれ」

「いいわ」

「よし、行こう」

不破は芽衣のベルトから手を放し、軽く彼女の肩を叩いた。

二人はクラウンに乗り込んだ。

両国ＩＣに向かった。高速七号小松川線から京葉道路に乗り入れ、市原で勝浦街道に入る。途中で給油し、ひたすら走りつづけた。

勝浦市に入ったのは、およそ二時間後だった。

卓造の隠れ家は、外房線の勝浦駅よりも一つ下《くだ》った鵜原《うばら》駅に近い場所にあった。

雑木林に囲まれた別荘だった。敷地は広そうだったが、建物はそれほど大きくない。

高床式の木造建築で、Ｌ字型にバルコニーが張り出していた。窓から、明かりが洩れている。

不破は別荘を通過し、百メートルほど先に車を停めた。

松林の前だった。松の枝越しに、黒々とした海が見える。

波頭だけが白い。漁火《いさりび》は見えなかった。

「別荘の中には、誰かガードの人間がいるのか？」

「時々、羽島組の人が様子を見に来るらしいけど、一昨日はパパだけだったわ。きょうもガレージに車はなかったから、誰もいないと思う」

「わかった。行こう」

不破は芽衣とともに車の外に出た。

二人は黙したまま、別荘に近づいた。あたりには、ほかに民家も別荘もない。

不破は先に別荘の敷地内に忍び込んだ。暗がりを中腰で進み、ポーチの陰に身を潜めた。

芽衣が玄関まで歩き、ドア・ノッカーを高く鳴らした。

「パパ、あたしよ。下着や食べ物を持ってきたの」

「おう、おう、ご苦労さん！」

ドアの向こうで、卓造の声がした。

不破はポーチに上がって、死角に隠れた。

ドアが開けられた。芽衣がドアを手で押さえて、いきなり言った。

「パパが洋介さんを殺したのね！　それから、石津さんも」

「ばかなことを言うんじゃないっ」

「それじゃ、なんで自殺した振りなんかして、こんなとこに隠れてるわけ？　なんか変だわ」

「それは、こないだ芽衣に言ったじゃないか。パパはこれまでの暮らしがほとほと厭になったんで、別人になって仙人のように生きたいとね」

「そんな話、あたしは信じない。あたしは、この人の話を信じるわ」

「芽衣、誰を連れてきたんだっ」

卓造が逆上気味に言った。

芽衣は返事をしなかった。

「わたしですよ」

不破は玄関のドアを大きく開け、芽衣の横に立った。

「あんたか」

卓造が絶句した。

ワインカラーのガウンをまとっていた。手には、海泡石のパイプが握られている。淡い煙がたなびいていた。カプスタンの香りもした。

「あなたは息子さんを自殺に見せかけて、猟銃で射殺しましたね。高圧電流銃《スタンガン》で洋介さんを気絶させ、布の粘着テープで両手首を縛って。死体のそばに、テープの糸屑が落ちてたんですよ」

「無礼なことを言うな。わたしが、なんで倅《せがれ》の洋介を手にかけなきゃならんのだっ」

「洋介さんが二度目の離婚をして、ここにいる西原芽衣さんと結婚することを避けるには、そうするほかなかったんでしょう」

　不破は一歩前に進み出た。

　卓造は唇を震わせるだけで、喋ろうとはしなかった。芽衣が口を挟《はさ》んだ。

「洋介さん、ほんとにパパの息子なの？」

「そうだ。しかし、血の繋がりはないんだよ。洋介さんは、卓造夫人の恋人だった男性の子供だったんだ」

　不破は、芽衣に説明した。

「なんでパパは、洋介さんとあたしを結婚させたくなかったわけ？」

「それは、洋介夫人の小夜子さんが卓造さんの隠し子だったからさ」

「話がよくわからないわ」

　芽衣は、もどかしげだった。

　不破は卓造を見据えながら、事件の背景を語った。芽衣が紙袋を三和土《たたき》に落とし、小声で呟いた。

「残酷だわ。何もかも残酷よ」

「芽衣、きみには済まないと思ってる。だから、できるだけのことはしてあげるつもりだったんだ」

「聞きたくない！　何も聞きたくないわ」

芽衣は卓造に言い放ち、両手で耳を塞《ふさ》いだ。それから彼女は泣きながら、門の方に走り去った。

卓造が絶望的な溜息をついた。

「もう観念したほうがいいでしょう」

「そうだね。何もかも、あんたの推測通りだ。里香を犯して離婚に追い込んだのも、小夜子のためでした。しかし、そのために、わたしは里香に仕返しされることになってしまった」

「淫らな録音音声のことですね？」

「そうです。それは石津に渡り、結局、わたしは三千万円ほど脅し取られました。そして洋介の伝言テープでは、一億円を……」

「石津は、洋介さんから借りた七百万円も踏み倒してるはずだ」

「あの男は洋介の成功を妬んで、息子を破滅させたがってたんだ。腹黒い奴です」

「石津は、洋介さん殺しの現場を見たわけじゃないんでしょ？」

「ええ、おそらくね。しかし、あの男はシャッターの隙間から一部始終見てたと……」

「やっぱり、そうだったのか。犯行に使ったレミントンは、洋介さんの散弾銃だったんですね？」

「そうです。わたしも同型のものを持ってたんですが、銃の製造番号が違うんで、予《あらかじ》め息子の銃とすり替えておいたんですよ。久我山の息子の家のスペアキーを預かってましたし、ガン・ロッカーの鍵のありかもわかってましたからね」

「息子夫婦が留守の間に、こっそり家に入ったわけか」

「ええ、そうです」

「石津のときは、直《じか》には手を汚さなかったんですね？」

不破は問いかけた。

「ええ。羽島に相談したら、彼が始末してくれると言ってくれたんでね」

「で、うるさく嗅ぎ回ってたおれを殺人犯に仕立てる気になったんだな」

「そうです。しかし、捕まっても、じきに容疑は晴れると思ってた。単にあんたを追っ払うことが狙いだったんですよ」

卓造が明かした。すでに肚《はら》を括《くく》った声だった。

「おれの娘を誘拐することを思いついたのも、あんたなんだなっ」

「そ、それは違う。あれは、羽島が言い出したことなんだ。わたしは気が進まなかったんだが、羽島に押し切られてしまったね」

「元妻の再婚先まで、よく突きとめたもんだな」

「それについては、新宿の関根組から情報を得たとか言ってた」

「なるほど、そういうことだったのか。ところで、一連の事件に小夜子さんは関わってるのかな？」

不破は、最も気になっていたことを訊いた。

「小夜子は無関係だ。それだけは信じてくれ」

「しかし、ちょっと引っかかることがあるんだ。なぜだか、急に彼女は久我山の家の売却依頼をキャンセルしてる」

「それは、わたしがさせたことなんだ。小夜子が家まで処分する気だったなんて、まるで知らなかったんですよ。小夜子は、本当に事件には何も関係してない」

「信じましょう。小樽の川鍋さんの話だと、小夜子さんはあなたが実父だということには気づいてないということだ……」

「その通りでしょう」

「ちょっと上がらせてもらいます」

不破は靴を脱ぎ、玄関ホールに上がった。

すると、卓造が言った。

「ちょっと着替えさせてくれないか。こんな恰好じゃ、パトカーには乗れないでしょ？」

「いいでしょう」

不破はうなずいた。

卓造は奥の部屋に走り入った。

不破は、居間に足を踏み入れた。

十五畳ほどの広さだった。籐《とう》のリビングセットと食堂テーブルが置かれている。

不破は長椅子に腰かけ、ショートピースに火を点けた。

ふた口ほど喫《す》ったとき、ガウン姿の卓造が居間に入ってきた。水平式二連銃を構えていた。レミントンだった。

「どういうつもりなんだっ」

不破は煙草の火を手早く消した。

「黙って帰ってくれ。わたしは郷里に帰って、ひっそりと余生を送りたいんだ。広島には被爆者の幽霊戸籍があるんだよ。他人になりすまして暮らすことも、不可能じゃないんだ」

「幽霊戸籍っていうのは、生死が確認できない被爆者の戸籍のことだな」

「そうだ。この年齢《とし》になって、生き恥を晒《さら》すようなことには耐えられないからね。頼む、おとなしく消えてくれっ」

卓造が言った。血を吐くような声だった。

「諦めが悪すぎるな。あんたは自分の息子を殺してるんだ。たとえ実子じゃなくても、法的には倅じゃないかっ。いや、そんなことはどうでもいい。あんたが洋介さんを育て上げたんだろうが！」

不破は勢いよく立ち上がった。

「しかし、あいつは呪《のろ》わしい奴なんだ。死んだ女房と同じようにね」

「片桐家の財産に引きずられたあんたに、女房や子供を呪う資格なんかないっ。少し気骨のある男なら、不本意な結婚なんかしなかっただろう」

「その通りだわ」

玄関ホールで、女の声がした。小夜子だった。

居間のドアが開き、美しい未亡人が姿を現わした。オイスターホワイトのスーツ姿だった。

卓造が何か言いたげな顔つきになったが、口を開かなかった。小夜子が卓造を直視した。

「先日、小樽の伯父から電話があって、母とあなたのことを教えてもらいました」

「なんてことだ。しかし、なぜ、わたしがここにいることがわかったんだね？」

「この方と一緒に不破さんの車を尾けてきたの」

小夜子がそう言って、後ろを見た。

すぐに彼女の背後から、尾花未沙が顔を見せた。未沙は不破を見て、にっこり笑った。

追尾されているとは気づかなかった。

不破は、未沙に笑い返した。

未沙は、ゆったりとしたグレイのカットソーの上に黒い麻ジャケットを羽織ってい
た。下は、ハトロン紙色のチノクロスパンツだった。

「誰なんだね、その女性は？」

「尾花未沙といいます。わたしは、不破さんの助手みたいなものです。わたしが小夜
子さんをあなたに会わせる気になったんですよ。実の娘の前では、あなたも無茶なこ
とはしないと思ったからです」

「三人とも帰ってくれ！」

卓造が喚《わめ》いて、猟銃の銃身を左右に泳がせた。

不破は卓造に数歩、近寄った。小夜子も同じように間合いを詰め、卓造に言った。

「散弾銃を捨てないと、あなたを刺すことに……」

「小夜子！　いったい何をする気なんだ⁉」

卓造が怯《ひる》んで、後ずさりした。小夜子は果物ナイフを両手で握りしめていた。

「ナイフを寄越《よこ》すんだ」

不破は小夜子に組みつこうとした。

と、小夜子が果物ナイフを一閃《いっせん》させた。威嚇《いかく》だった。

「あなた方は口を出さないで。これは、個人的なことですので」

「実の父親を本気で刺す気なのか？」

「ええ。わたしは夫を愛していたんです。最愛の人を殺されたんですから、その仇を討つつもりです。たとえ実の父親でも、わたしは赦《ゆる》せません」

「落ち着け！　落ち着くんだっ」

不破は諫《いさ》めた。

そのとき、小夜子が卓造に向かって突進しはじめた。卓造が銃口を小夜子に向けた。

「父さん、死んで！」

「駄目だ。おまえを犯罪者にするわけにはいかないっ」

卓造の語尾に、重く沈んだ銃声が重なった。

連射音が轟き、卓造の体が後方の壁まで吹っ飛んだ。小夜子は無傷だった。硝煙の中に立っていた。

卓造の顔面は鮮血に塗《まみ》れ、無残に抉《えぐ》れていた。まるで弾《はじ》けたトマトだった。

ささくれた肉の下に、無数の九粒弾がめり込んでいる。壁には、肉片と脳漿《のうしょう》がへばりついていた。生々しい色彩だった。

不破は、床に転がっている猟銃を見た。

銃身が裂《さ》け、奇妙な形に捩曲《ねじま》がっていた。薬室から数センチの所に、砕《くだ》けかけた鉛玉が詰まっていた。卓造自身が暴発させる目的で、細工を施したにちがいない。

「父さん！　父さんはばかよ。わたし、一緒に死んであげるつもりだったのに」

小夜子が悲鳴混じりに高く叫び、顔の潰《つぶ》れた卓造に取り縋《すが》った。

血達磨《ちだるま》になりかけている卓造は壁に凭《もた》れたまま、彫像のように動かない。小夜子の整った顔は、血糊と涙で汚れはじめた。

言葉を失った未沙が、無言で首を振った。惨《むご》い運命に弄ばれた父娘の心中《しんちゅう》を思いやっているにちがいない。

不破は懐から携帯電話を取り出し、一一〇番通報した。

十日後の夕方だ。

不破は『ユニゾン』の事務室で、届いたばかりの書留の封を切った。差出人は小夜子だった。

分厚い礼状の間に、額面三百万円の小切手が入っていた。謝礼だった。手紙には、芽衣と一緒に卓造の事業を引き継《つ》ぐことが付記されていた。

この小切手を現金化する気にはなれない。

不破は封書を机の引き出しに突っ込み、モニターに目を向けた。

そのとき、ドアにノックがあった。

「どうぞ」

「お客さんよ」

ドアが開けられ、律子が不機嫌そうな顔で告げた。

来客は尾花未沙だった。枯葉色のシックなスーツをまとっていた。

「また、どっかで秘書をはじめたらしいな」

不破は椅子から立ち上がった。

「そうなのよ。今度は国会議員の秘書をやってるの。強請《ゆすり》の材料がゴロゴロしてるんだけど、ひとりじゃ、ちょっと心許《こころもと》ないのよ」

「で、おれに助っ人になれってわけか」

「そういうこと！　ね、どうかしら？　協力してもらえる？」

未沙が近づいてきて、探《さぐ》るような眼差《まなざ》しを向けてきた。色っぽい目つきだった。

「話を聞いてから、返事をするよ」

「あなたなら、きっと義憤を覚えるにちがいないわ」

「話を聞く前に、こいつをきみに寄附しとこう」

不破は引き出しから、書留便を摑み出した。

三百万円の小切手を受け取ると、未沙が陽気に口笛を吹いた。

この女としばらくつき合ってみるか。
不破は鋭い目を和ませた。
未沙が爪先《つまさき》立って、軽く唇を押し当ててきた。単なる感謝のキスらしい。
不破はそれを承知で、未沙を抱き寄せた。
未沙の手から、小切手が舞い落ちた。彼女は抗《あらが》わなかった。
二人は唇を貪《むさぼ》り合いはじめた。

本書は二〇〇二年九月に徳間書店より刊行された『鬮り屋』を改題し、大幅に加筆・修正しました。

なお本作品はフィクションであり、実在の個人・団体などとは一切関係がありません。

文芸社文庫

復讐請負人《リベンジ・エージェント》

二〇一六年二月十五日　初版第一刷発行

著者　南英男
発行者　瓜谷綱延
発行所　株式会社　文芸社
〒一六〇-〇〇二二
東京都新宿区新宿一-一〇-一
電話　〇三-五三六九-三〇六〇（編集）
〇三-五三六九-二二九九（販売）
印刷所　図書印刷株式会社
装幀者　三村淳

ISBN978-4-286-17320-7

［文芸社文庫　既刊本］

蒼龍の星㊤　若き清盛
篠　綾子

三代と名づけられた平忠盛の子、後の清盛の出生の秘密と親子三代にわたる愛憎劇。やがて「北天の王」となる清盛の波瀾の十代を描く本格歴史浪漫。

蒼龍の星㊥　清盛の野望
篠　綾子

権謀術数渦巻く貴族社会で、平清盛は権力者への道を。鳥羽院をついで即位した後白河は崇徳上皇と対立。清盛は後白河側につき武士の第一人者に。

蒼龍の星㊦　覇王清盛
篠　綾子

平氏新王朝樹立を夢見た清盛だったが後白河との仲が決裂、東国では源頼朝が挙兵する。まったく新しい清盛像を描いた「蒼龍の星」三部作、完結。

全力で、1ミリ進もう。
中谷彰宏

「勇気がわいてくる70のコトバ」――過去から積み上げた「今」を生きるより、未来から逆算した「今」を生きよう。みるみる活力がでる中谷式発想術。

贅沢なキスをしよう。
中谷彰宏

「快感で生まれ変われる」具体例。節約型のエッチではなく、幸福な人と、エッチしよう。心を開くだけで、感じるような、ヒントが満載の必携書。